布罗镇的
邮递员

郭姜燕·著

少年儿童出版社

目 录

序/ 001
特沃先生的手表 / 001
采弥的布口袋 / 015
镇长的驴子 / 028
收起你的凶器 / 040
爱讲故事的獾 / 061
风带来的音乐 / 073
布罗镇的香气 / 085
瘸腿雪狐 / 099
给我一个拥抱 / 114
魔法师老鼠 / 128
寻找花树 / 142
有一条大河 / 156
夜行的怪物 / 167
小树精的"森林邮局" / 177
森林小镇 / 192

序

郭姜燕

好吧,我承认我住的小城没有森林。

不仅没有森林,连像样的小树林也很少。

小城本来是个古老的城市,记忆中,小城有古老的街道,街道两侧是法国梧桐,低低的枝条覆盖住整个街面,街边的路面是青石板铺成的,枯黄的落叶铺满地面的时候,特别有古意。

然而,没了。现代化的高楼一座座拔地而起,汽车卷起烟尘,把路边的绿化矮树染得满脸倦容。街上走着的多是脚步匆匆的行人,偶尔一只宠物狗被绳索拽着,特别不情愿地跟随着主人的脚步。

于是,忽然特别想念一片森林,一座没有高楼的古镇,一种生活节奏特别慢的生活。

这片森林里必须住着好多神奇的动物。

这个镇子必须有个好听的名字。

镇子上的人类,必须对森林保持尊重,甚至是敬畏。

镇子和森林之间,奔波着一位邮递员。

偶尔,我会为墙上砖缝里钻出的一茎绿草激动,它像来自某个神秘国度的使者,在风中摇曳着,向这个城市报告着什么。

曾有一只迷途的鸽子钻进半封闭的阳台,它是信鸽吗,是谁派来的?可是它不肯停留,把自己的身躯狠命撞向透明的玻璃,几欲昏迷,最后终于从来路飞了出去,仿佛劫后余生,没有留下一个回眸。

等信来,是多么美好而浪漫的事情啊!现代的孩子无法体会。

把重要的信小心折叠、收藏,再三阅读,品味其中流淌的情意,这样的举动,充满了古典的意味。

记得念中学时,我与一位好友,曾经共同拥有一本日记。下了自修后,我们坐在床上,你写一段话,我写一首诗,在那本日记上记录下生活和友谊的点点滴滴。窗外,月光流转,秋虫呢喃,那是少年时代最美的印记。后来,我们各自进入了新的学校,书信成了我们维系友谊的纽带。那本日记、那些信,一直被我珍藏着,就像珍藏着上好的红酒，在最寂寞的日子里，才舍得拿出来品尝。

一个电话，一条短信，一封电子邮件……人与人之间的联系如此便捷。提笔在纸上写信，哪怕只是留下只言片语，已经如此稀有。书信，渐渐沦为试卷上的一道作文题目。

没有人给我写信的日子，我时常无缘无故陷入莫名的伤感之中。

我为墙角的晚香玉伤感，因为它那么努力地开放，而走过它身边的人却从不多看一眼；我为独坐在夕阳中发呆的老太太伤感，每一个人都在忙碌着，上学、上班，留下她一身的寂寞……

即使看到邮递员把许多信件分发到小区邮箱里，我也不由伤感。那么多的信件，大多是保险公司和银行寄来的对账单。我一次次打开自己家的邮箱，一次次被失落袭击变得忧伤，没有人给我写信，很多心事似乎都已经无从安放。

如果，我给一只鸟写信，它会不会给我回信？

某一天，我被这个想法激动得无法安眠。

那只鸟，会以什么作纸笔？它会托谁给我送达它的回信？我应该给它写些什么？它又会告诉我些什么呢？

我慢慢地走进一个想象的世界。一个故事袭来，我激动得不停地起身去泡速溶咖啡，不是为了提神，而是让自己放轻松一点。不知怎么，写这样的故事，叫我有些紧张。

　　说实话，幻想类的作品不是我的专长。大约是被琐事磨得太多的缘故，我的心变得非常沉重，纵使借它一双翅膀，一时半会儿它也学不会飞翔。穿行在现实和幻想之间的我，像打摆子的病人一般，无法控制自己。

　　最初，我只是想给一只鸟写一封信。可是小说快结束了，那只鸟都没有能够现身。这叫我异常愧疚。然而，我拿自己没有办法。写任何东西，一旦开了头，我就没有能力控制它的发展和结局，我只能投身其中，任由自己随着故事去经历，体验故事里不一样的人生。某种程度上，不是我掌控着小说的情节，而是小说带着我在行走。

　　于是，有了这个少年，我叫他阿洛。

　　关于他，关于这部小说，我不敢多说什么。当我写完它的时候，我就失去了对它评说的资格。所有的评价，都交给捧起它阅读的人——你，或者，你们。

特沃先生的手表

阿洛是布罗镇邮局的一名员工。

布罗镇是个很小很小的镇子,在地图上就是一个小小的黑点点,它三面环山,一面是茂密的森林。

阿洛是个没爹没娘的孩子,从小就吃不饱饭,长得瘦瘦弱弱的。到了邮局之后,大家看阿洛的样子,都撇着嘴说,这么小,怎么送信?路上不怕被风刮跑了?不怕被狐狸叼走了?于是阿洛就在邮局里面守着柜台。

阿洛整天呆呆地坐着,也没什么事,像庄稼地里用来吓唬鸟儿的稻草人。日子久了,阿洛羡慕的人越来越多。镇子东边打铁的阿三,天天光着膀子挥汗如雨,铁锤敲击的声音震得人心都颤动了,应该又累又快活吧;镇子西边种菜的阿灿,箩筐里装着水灵灵的青菜、白菜、萝卜,散发出泥土的香味,大家都喜欢买他的菜,阿灿应该也又累又快活吧……就连镇子里的流浪汉阿呆,阿洛也很羡慕,阿呆可以蹲在墙脚晒太阳,也可以四处流浪四海为家,做自己想做的事,应该也是快活的吧!

阿洛最羡慕的还是邮局里真正的邮递员,他看到邮递员们背着一包包的信件和包裹往外送的时候,心里很是羡慕,什么时候他也能成为一个真正的邮递员呢?

阿洛坐在柜台里面,腿脚不用劳累,身子轻松,心却很累,就像有人往他的心上放了一个重重的大包裹,让他气也喘不过来。

就在阿洛想当一个真正的邮递员想得快发疯的时候,一个名叫果桑的老邮递员多年的腿病犯了,疼得走不了路,以至于背在背上的邮包像个大球一样滚落下来,把路过的一个阿婆的脚也砸伤了,那个阿婆就赖在医院里,说要是残疾了就要邮局养她后半生。果桑无奈地说:"阿洛,只有你能帮我送信了!"

阿洛自然激动得不行,他背上包裹,一溜烟跑出了邮局大门,生怕慢一步果桑会反悔。

看着阿洛的背影,果桑说:"这个阿洛,看起来瘦得像只猴子,想不到力气还是有的。"

阿洛第一天送完信,脚底起了十八个水泡,汗水把他的三层衣服全浸湿了,但阿洛的心却像卸掉了一个大包裹,一直开开心心的。

布罗镇的居民们见到阿洛这个小伙子,很是热情,大家端出自己做的蛋糕让阿洛品尝，拿出自己酿的果子酒给阿洛解渴，不认字的人请阿洛帮着读那些信件，他们凝神谛听的时候目光中的亮光就像夜空中的星星那样迷人。

阿洛迷上了送信。他甚至祈祷，果桑的脚不要好得那么快才行啊！

怪事是从第二个星期开始出现的。

这天，阿洛摸出邮包里的最后一封信，上面没有收信人的名字，也不知道从哪里寄来的。阿洛犯愁了，送给谁？又往哪里退？

"森林 榛子树屋"，阿洛看着信封上的几个字。

"森林"，阿洛知道，森林就在布罗镇北边。不过，那可是个神秘又危险的地方，几十年来都没有人走进去过，据曾经进去过的老人说，那里面实在是太可怕了，见不到一丝阳光，到处阴森森的，哪怕在最热的夏天，一旦进去就像走进了寒冷的冬天，那种黑那种冷，会把人身上的热气都吸走。而且，森林里有好多成了精的树和各种奇奇怪怪的东西，它们都是人类的敌人。

阿洛捏着那封信，在森林外边徘徊。别看阿洛身体瘦小，可胆子倒是挺大的，对于那些传言，他一直将信将疑。

终于，阿洛深吸一口气，走了进去。

果然，真冷！

四下里一片昏黑，不光是阳光在这里止住了脚步，连风也没有踏进这片禁区一步。

阿洛小心翼翼地往森林深处走。一切都像沉睡了一般，怎么这样安静？一不小心踩到一根枯枝，"咯嘣"的响声吓出阿洛一身冷汗。

"榛子树屋"？阿洛睁大眼睛，努力辨认着，最后在一棵大榛子树前停住。

阿洛敲敲树干，试探着问："喂，有人吗？"

"吱嘎"一声，树干上的小门打开了，紧接着探出一个小脑袋，它揉着惺忪的睡眼说："谁惊了我的好梦？"

借着树屋里的灯光，阿洛细看，是一只松鼠。这只松鼠的眉毛胡子都白了，看上去年岁不是一般的老。

"请问，这可是您的信？"

"让我看看。"松鼠把信颠来倒去地看了好多遍，皱着眉头对阿洛说，"你说这上面到底写的啥？"

原来它不识字啊！

"森林 榛子树屋。"

"那肯定是我的了，除了我，还有谁住这样气派的榛子树屋呢？"松鼠看看自己的树屋，无比自豪。

松鼠对阿洛说："既然你把我叫醒了，还给我带来了信，就请你读给我听听吧！"说完，松鼠一把将阿洛拽进了它的树屋。

阿洛没想到松鼠的力气会这样大，他一个趔趄就扑进

了屋，屋子里点着油灯，很亮。

阿洛拆开信封，抽出信纸念道："敬爱的松鼠先生，你还好吗？这么多年，我每一天都很想你，要不是布罗镇的人都失去了自己的梦，我会在梦中都想念着你的。如果你能收到这封信，希望你可以回信。你永远的朋友——特沃。"

松鼠一听到"特沃"这个名字，它的双眼喷出了火花，咬牙切齿地骂道："这个卑鄙无耻的小人，居然还有脸给我写信？居然敢自称朋友！呸！"摇曳的火光下，松鼠怒气冲冲的面孔显得有些狰狞。

阿洛抹了抹松鼠溅到他脸上的唾沫星子，手足无措地看着松鼠，不知道该说什么好。

松鼠喘着气，垂下了头，火光照着它绝望而疲惫的脸，它显得更加苍老了。

"特沃，他是您的仇人吗？"阿洛胆怯地问。

松鼠叹了一口气，没有回答。

"那，您是不是给他回封信，我带回去。"

"No！绝不！"松鼠大吼一声，一拳砸在小木桌上，油灯的火焰闪了几下，灭了。

特沃的家在镇子的最南端，是离森林最远的地方。

阿洛找到特沃先生的时候，特沃正在自己的铺子里忙碌，他用一个放大镜对着柜台上的一只手表细细地看，像医生给病人动手术那样谨慎而严格。

特沃在布罗镇的名声很好,听说他年轻的时候从布罗镇消失了,好长一段时间杳无音信,家里人以为他遭遇了不测,伤心欲绝的时候他又出现了,原来他是出门学手艺去了。

特沃学会了制作各种各样的表和钟,自从他回来以后,布罗镇家家户户都开始学会了按照时间吃饭和娱乐,在那之前,大家都要看着太阳来估算时间,晴天还好些,阴天和雨天就比较麻烦了,有些人一天只吃了一顿饭天就黑了,那时才恍然大悟,哦,怪不得自己这么饿呢,原来已经一天过去了啊!特沃把钟表以最低的价格卖给镇上的居民,大家再也不用担心天气了。一天吃三顿饭、每一顿在什么时间,各自都有了数。除此之外,特沃还免费给大家的钟表上油、维修。特沃赚的钱都来自布罗镇以外的地方,邮递员们帮他把钟表带出镇子去,把卖的钱再带回来,特沃跟所有的邮递员都很熟。

阿洛是第一次跟特沃打交道。特沃也是第一次见阿洛。

"你需要手表?座钟?挂钟?"特沃抬起头,热情而亲切地问。

"是的。哦……不不不……"阿洛才刚刚成为一名不太正式的邮递员,还没能拿到一分钱的薪水,自然没有能力购买钟表,哪怕是最便宜的。再说,他来找特沃也不是为了购买钟表。

特沃把头又埋下去继续研究他的手表了,这是一只需要救治的手表,就像生了病的人那样,不及时医治的后果就是死亡。特沃经常会遇见像阿洛这样好奇的人,他们不买任何钟表,但就是喜欢好奇地看特沃组装或者修理钟表,其实他们看不懂,可看不懂也丝毫不影响他们的兴致。特沃先生一旦投入工作就很忘我,不管身边有几双好奇的眼睛,他的眼睛里就只有钟表了。镇子上看过特沃先生修理钟表的人都说,特沃先生就是为钟表而生为钟表而活的。

阿洛看特沃修理手表也入了迷,不知不觉竟看了半天之久。街上飘来洋葱炒猪肉的味道,那股香气在阿洛的鼻子跟前旋转,还没来得及吸进去的时候,一股子咖喱牛肉的好闻气味就混合进来,一起钻进阿洛的鼻子,直达他的整个头脑和胃部。阿洛的肚子很配合地咕咕叫,他这才意识到,时间已经到中午了,这个时候该吃饭了。阿洛不由得咽了咽口水,他想起邮包里的干粮,就随手摸出一块咬了起来。

"好了!"特沃把表盖子合起来,拧上螺丝,放下手中的工具,伸了下腰,"这可是个浩大的工程啊!"

特沃发现咬着干粮的阿洛,问:"还没走呢?要不在我家吃午饭?"

阿洛不好意思地嚼着干粮:"不用了不用了!不过,特沃先生，您给谁写过信吗？"

"信？"特沃的脸上浮出一丝慌乱，他匆匆把目光从阿洛脸上挪走，"没，我没写信！"

没等阿洛开口，特沃就进去了，好半天没出来。

特沃说了谎吗？谁知道呢，说谎者的脸上可没有什么记号。

阿洛匆匆咽下最后一口干粮。好吧，邮包里还有一大堆信等着他送呢！

阿洛没有再说什么，也许，这个镇子里叫特沃的并不止这一个吧？

这天，直到很晚，阿洛才把信送得差不多了。当他掏出最后一封信的时候，惊呆了！信封上赫然写着：森林榛子树屋！一样的字迹！

不用说，里面的落款一定还是"特沃"！

里面写的什么内容呢？阿洛好想把信封打开看一看，但他知道，一旦他偷看信件的举动暴露，不仅会面临失业的处境，生命安全也会受到威胁。布罗镇的法律很完备，偷看信件跟偷盗罪一样地恶劣，轻则会坐牢，重则会掉脑袋。

阿洛看看天边的太阳，那个白天鼓鼓囊囊精神百倍的太阳，走了一天的路，显得比阿洛还要劳累，很是没有精神地悬在山边边上，似乎一阵风就能把它刮跑。

天很快就黑了。森林中会更加黑暗。

阿洛犹豫了又犹豫。好奇心战胜了恐惧。阿洛钻进了森林。

整个森林依然沉在梦中，似乎除了睡觉，这个世界上再也找不到任何有意思的事情似的。松鼠也依然如此。阿洛的敲门声才把它从梦中叫醒。

"怎么又是你？"松鼠满心不快。这次，它干脆连灯也没有点亮。

"松鼠先生，我实在不想吵醒你，只是还有你的一封信。"阿洛赶快把信递过去。

松鼠摸索着划了根火柴，点燃了桌子上的灯。阿洛注意到，它的眼角粘着厚实的眼屎，嘴角耷拉着，胡须也打着结。

松鼠指指桌子边的凳子："坐下吧，给我念一念。"

"好。"阿洛既惊慌又兴奋。

"尊敬的松鼠先生，我经常想起当年的自己，那时候我是多么年少无知啊！我还想起那片森林，阳光穿过树叶洒在林中的蘑菇上，微风伴着鸟鸣在林间回旋。你热情的款待让我永生难忘！我是罪人，我害了你。你能原谅我吗？期待着你的回信。特沃。"

松鼠目不转睛地看着阿洛，眼眶中充盈着泪水，一长串眼泪冲出来，像涓涓溪流一样把眼屎冲刷干净了。它憋住自己的哭泣声，只任由泪水在脸上纵横交错。

阿洛慌了，他知道一定是这封信触动了松鼠心中的伤痛，可究竟是什么伤心事，信中并没有说明白，叫阿洛无法捉摸，更无从安慰。

阿洛只能看着松鼠流泪，不敢说话。

"你叫什么名字？"

"阿洛。"

"好吧阿洛，希望你今天能留下来陪我。"

阿洛在心里惊叫："不要！"他只想尽快走出这片恐怖的森林，回到属于人类那个有亮光、有声响、清醒的世界去。

可是看着松鼠哀伤的模样，阿洛实在不忍拒绝。

临睡前，松鼠倒了一大杯榛子酒给阿洛。阿洛抿了一小口，真香，香到骨头缝里去了。阿洛一口接一口，喝光了酒。

阿洛躺在松鼠给他铺好的小床上，头脑晕晕的，他听见松鼠在他耳边倾诉："很多年以前，很多年了，那时我是一只年轻的松鼠，我意气风发，因为我是森林中唯一一个会计算时间的人。小伙子，你知道时间是什么？时间是我们无法掌控的东西，可我懂得计算它，我就会利用它了。我知道昙花开放只有一个晚上，昙花谢了，天基本就亮了；梨花的花期只有十天，我用它计算一旬的时间；我可以捕捉天空中行星的轨迹，计算出它们流泪的时间，它们的泪你们人类管那叫流星雨；天狼星啊大熊星座啊什么的都很老了,我用它们计算出几百亿年的时间……"

阿洛嘟囔着:"你是一只了不起的松鼠……了不起……"

"小伙子,你要知道,时间也是有温度有生命的,它也会快乐,会焦虑,会犹豫,有时我觉得它走得太仓促,有时它又步履维艰,在我等待某个人的时候,它的脚步慢吞吞的,在我跟爱人拥抱的时候,它又不识趣地加快了脚步,完全不顾我的苦苦哀求……就这样,我计算着时间,争夺着时间,一天天地活得倒也快乐,从昨天迎来了今天,从今天期待着明天……直到那个叫特沃的家伙出现,特沃,你知道吗?"

"特沃。布罗镇的钟表匠先生。"阿洛感觉自己的身体变得跟夜色一样沉了,眼睛睁不开了。

"先生?他也配叫先生?那个卑鄙无耻的小人,我信任他,他却用榛子酒灌醉了我,不,我的酒量很大,一瓶榛子酒根本不成问题,他往酒里加了太多的花言巧语,我是被那些灌醉的,我说出了计算时间的秘诀,这个秘诀一旦被人知道,我便再也无法掌控它了。当我醒来的时候,特沃已经消失了,我想去找他,可我发现自己已经没有勇气走出这片森林了,我害怕面对未知的时间,一切未知的东西都是令人害怕的对不对?"

"嗯……嗯……"阿洛完全沉入了睡眠。

"我失去了我的时间,我失去了我的希望。我曾那么信任的特沃欺骗了我,我生命中最重要的朋友,他让我的生命失去了意义。除了昏睡,除了快速变老,我还能做些什么……"松鼠也渐渐睡了过去。

"特沃先生,我希望您能亲自去一下榛子树屋!"

特沃愕然地看着阿洛,手中的一只表摔到了地面上,"啪"的一声,透明的表面碎裂开来,裂纹像一只张牙舞爪的八爪鱼。

阿洛把那两封信摊开在柜台上,指着那上面的斑斑点点说:"您看,这些都是松鼠的眼泪。您难道就忍心让松鼠先生一辈子痛苦到死吗?您已经成功地掌握了计算时间的方法,应该去救救它了!"

特沃抱住自己的脑袋,久久没有抬头。

"特沃先生,您是个好人,您让我们所有人都学会了计算时间,我相信松鼠先生会谅解你的。"阿洛也不知道自己怎么变得这么能说会道。

特沃抬起头,他说:"你是怎么知道的?"

"我是邮递员,我给松鼠送去了你的信,我在榛子树屋里过了夜,我听了松鼠先生的故事。"

"你,你真的见到了松鼠?我给松鼠写了半辈子的信,可从来没有过回信,也没有过退信,现在我写信已经变成了习惯,只是再也不指望松鼠能看到。那天你问我信的事,我以为自己做梦了,我有些慌乱了……"

阿洛明白了，邮局屋子下面有一个大大的地窖，里面堆满了无法送达的信件和包裹，每天都会有邮递员把送不出的信件扔进去。看来，特沃写的那些信也在里面。

特沃走进店铺里的小房间，他拿出一个精美的盒子，打开，里面躺着一只金光闪闪的手表，表针是黄金的，每个刻度上都镶嵌着一颗熠熠生辉的钻石，手表"嘀嗒嘀嗒"的声音显得特别清脆悦耳。秒针转了一圈，一朵雪白的昙花绽放在表面上，再一圈，昙花谢了……花开花谢，时间流逝……

特沃说："你看，这是我花了半辈子的积蓄和心血制作的手表，是送给松鼠先生的，只要我能收到松鼠先生的回信，我就会走进森林送去给它……"

阿洛说："松鼠先生要是拥有了手表，就再也不要看着昙花计算夜晚，看着流星雨暗自伤心了。"

"你叫什么名字？"

"我是森林邮递员阿洛，特沃先生，我们现在就出发，我相信松鼠先生会很喜欢你送的手表的。"

采弥的布口袋

阿洛不知道自己什么时候能成为邮局的正式员工,不过,布罗镇越来越多的人开始认识他,记住他了。

太阳升起的时候,阿洛背起邮包就像背起了快乐,他走起路来脚底生风。

"阿洛,又开始送信了?"

"阿洛,我马上开始写信,太阳落山之前记得过来取一下哦!"

"阿洛,我这里有一封信你帮我带给镇子东边的泥瓦匠好不好,让他下个星期三的下午来帮我修一下壁炉,不要忘了。嘿嘿嘿,信里都写着呢,你什么都不用说,记得把信给他就好!"

……

阿洛来到这个世界上,从来没有这么多人跟他说过这么多话。母亲生阿洛的时候大出血死了,父亲从来也没管过阿洛,阿洛不知道什么是温暖。

现在,太阳是温暖的,这么多人的问候和托付也是温暖的。

阿洛进入森林的消息很快传开了。

"阿洛,你真的去那儿了吗?"

"阿洛,里面可怕吗?"

"阿洛,要小心啊,以前有人进去再也没有出来呀!"

阿洛不是个多言多语的人,他只是笑笑。不过,对森林的恐惧程度已经降到了最低,森林是黑暗又寒冷,可也没有他们形容的那样可怕。

或许,是阿洛幸运一些,最可怕的事情没有遇上。谁知道呢?

特沃先生没有跟阿洛去松鼠先生那里,他亲自把当天写的信交给了阿洛,说:"我,我还是没有勇气。阿洛,你帮我把手表给松鼠先生吧,希望它不要那么悲伤。"

"好吧!"阿洛把手表和信都放进了邮包。

阿洛敲着松鼠的门,一声,一声,一声声,门没有开。在黑暗寂静的森林中,轻轻的敲门声显得格外响。

阿洛压低嗓门喊着:"松鼠先生——先生——你在吗?"

他把耳朵贴在木门上听,屋内什么动静也没有。

松鼠先生还在睡吗?生病了吗?还是有什么意外发生

了?

阿洛不由得焦急起来,他顾不得害怕,用力拍打着门大声喊着:"先生——开开门——我是阿洛——"

门还是没有开。透过门缝看进去,黑漆漆一片,没有灯光。

阿洛不知道该怎么办了,他只好把信从门下面的缝隙中塞了进去,看看手表盒子,太大了,没办法塞进去,放在门口,也不行,这是特沃的心血和诚意,万一丢失就糟了。

阿洛想了想,把表重新放回邮包。

静静地又等了一会儿,阿洛准备离开。

"喂——"一个沉闷的声音从背后跳入阿洛的耳朵。

阿洛扭头看看,黑漆漆一团,没见到说话的人。

"在这儿呢,往上看!"阿洛仰起头,我的神啊,两只亮闪闪的灯笼在阿洛的头顶上一亮一亮的,太吓人了!

"你……是……谁?"阿洛哆哆嗦嗦地问道,森林显得更凄冷了。

"我是天下无双的大力熊!"

怪不得黑漆漆一团呢,是一只硕大的黑熊啊!阿洛不禁往后退了几步,"咚"一下撞到了松鼠的木屋门上,退无可退了。据说森林中的黑熊会用它肥硕的熊掌拍死人!眼前的这位老兄还是"大力熊",要是被它拍一下不成肉泥也成肉饼!阿洛把自己的身体缩成一团,挤进榛子树屋的门洞内。

"不要怕,我是从不拍人的天下无双的大力熊!"这么黑,大力熊也能看透阿洛的心思呀!

大力熊眨巴着灯笼一样的两只眼睛,伸出它的巨爪,摸了一下阿洛的头顶。阿洛只觉得它的爪子落在头上,像一块热气腾腾的糕饼,厚实而沉重。阿洛浑身又是一阵哆嗦,他闭上眼睛祈祷着:"千万不要用力,千万不要用力啊!"

大力熊说:"你是那个人类送信的小子?"

"是……的……我、我、我给松鼠送信来了……"

"敢往我们森林里送信,你是第一个!"大力熊终于挪开了它的巨掌,"你是个不错的小子。我们左邻右舍都听说了!"

阿洛紧缩成一团的身体有些松弛下来,缩得紧紧的心也松开了:"熊大哥,松鼠先生去哪里了?"

大力熊走上前,猛地一拍榛子树屋的门:"松鼠老兄——来客人了——快醒醒吧——"

看来,松鼠先生在家?

屋内还是没有动静。大力熊长叹一口气:"唉——那什么,阿洛呀,松鼠老兄大概又喝醉了,它这一醉呀,没个十天半个月大概是醒不过来的。你还是过段日子再来好了。"

阿洛舒了一口气,没出什么问题就好。他说:"那好吧,熊大哥,我就先走了!"

"慢!"大力熊伸出巨掌抓住了阿洛。

又怎么了?难道它后悔了?准备给自己一巴掌吗?

大力熊似乎有些忸怩起来,它说:"阿洛,你可不可以帮我一个忙?"

"我行吗?"

"你行的,你行的,你是第一个送信到我们这里来的人啊!"

"那我试试,你说,什么事?"

大力熊把脸凑近阿洛:"阿洛,你看,我的眼袋是不是很深?"

阿洛使劲看,黑暗的森林里,黑色的熊,哪里看得清什么眼袋呢?阿洛胡乱地点头。

大力熊说:"你知道森林里为什么这么安静?因为大家都在睡觉,拼命地睡觉。我们为什么要拼命睡觉呢?因为我们都想找到我们丢失的梦。不知从什么时候开始,我们把梦弄丢了,以前我们是喜欢做梦的,我们的梦总是又香又甜。夜里做一个好梦,每天早晨醒来总会觉得新的一天是那样美好。可现在呢,没有梦的夜是那样漫长。为了找到梦,我们连白天也失去了。你听,周围多么安静!松鼠在睡,百灵在睡,猫头鹰在睡,蛇也在睡……"

阿洛:"我怎么帮你呢?"

大力熊:"我们的梦不是自己跑丢的,是人类偷走的!

我希望你能帮我们找到那个偷走我们梦的人,让他把梦还给我们!"

"谁偷走了你们的梦?"

"我也不知道,不过我猜那个人一定是夜里悄悄地来,带着一个袋子,装满我们的梦,再偷偷地溜走了。我不知道他的样子,不过我想,他一定会背着一个大袋子,他也许还会去其他地方偷走更多人的梦。对了,那个袋子,应该比你背上的那个还要大吧!"

阿洛在脑子里把布罗镇认识的人挨个儿都想了一遍,除了邮局的邮递员们,就只有街角专门捡破烂的老婆婆采弥了,她每天都背着一个超大的布口袋,捡拾着大家丢掉的东西。阿洛总是看见她喜气洋洋地背着鼓鼓囊囊的口袋走过来,又走过去,他还奇怪,捡垃圾有什么好高兴的呢?原来采弥很有可能就是那个四处偷梦的人,她的布袋里一定装满了各种快乐的梦!

可是,就算采弥真的是那个偷梦的人,阿洛又该怎么办呢?

采弥对阿洛的照顾可不少。阿洛的父亲整天喝酒,喝醉了就打阿洛。一天夜里,阿洛从家里逃出来,他一头撞到了采弥的身上。采弥不但没有骂他,还把阿洛带回家,给他吃给他喝,后来阿洛就经常逃到采弥家。阿洛的父亲有几次追过来,破口大骂采弥是个变态的老太婆,自己没有孩子就想霸占人家的孩子。采弥弓着腰驼着背,可她一点儿也不怕阿洛的醉鬼父亲呢,她用扫帚劈头盖脸地抽打阿洛的父亲,边打边诅咒他,最后总是阿洛的父亲落荒而逃。

后来阿洛的父亲喝醉酒掉到臭水沟里淹死了,阿洛不用逃跑了,但采弥依然三天两头就送吃的给阿洛,还给阿洛洗衣服收拾屋子。就是这样,阿洛才能活下来。

就算采弥真的是那个偷梦的人,阿洛也不会拿她怎么样的。阿洛不是个忘恩负义的人。

阿洛说:"我回去帮你们找找。"

说完,阿洛就赶紧跑出了森林,比当年逃脱父亲的追打还要仓皇失措。

阿洛跑得没影了,大力熊才反应过来,它嘟哝着回家继续找它的梦去了。

很巧,采弥来找阿洛。

"阿洛,看看,我给你带了件衣服,来试试。"采弥拿出一件七成新的衣服,估计又是在外面捡来的。

阿洛身上的很多衣服都是采弥捡来的。采弥把捡来的衣服用开水烫了,再放在大太阳下暴晒几天,然后给自己和阿洛穿。一开始,阿洛很不习惯,因为他穿着采弥捡来的衣服出去,总有人跟在他屁股后面叫:"阿洛阿洛,你身上这件衣服好像是我家扔掉的耶!"

阿洛埋着头装作没听到。说的人多了,阿洛反而无所谓了。捡的就捡的呗,反正衣服上已经全是太阳的味道了。

这次阿洛有些不开心,他看到采弥背着的那个大布袋了。他在想,难道采弥真的是个偷别人美梦的贼吗?这些衣服真的是她捡来的吗?

阿洛有些不情愿地穿上采弥带来的衣服,衣服太大了,空荡荡地在阿洛身上晃荡,阿洛走了几步,自己感觉像一个幽灵。

采弥拍着手咯咯咯地笑着。采弥有时候很奇怪,样子是老太婆,声音却又尖又脆像只有十八岁。

阿洛用脚尖踢了踢采弥放在地上的袋子,软塌塌的,里面是什么呢?

会是梦吗?

如果是,里面有多少梦呢?

采弥帮阿洛改衣服。不得不说,采弥是个很神奇的老婆婆,她改起衣服来又快又好,比镇子上最好的朱裁缝改得还要快还要好,要是采弥当了裁缝,估计朱裁缝的那些顾客都要跑去采弥家了,那时朱裁缝一定会眯着他那对小眼睛哭了。

阿洛出神地盯着那个大布袋,他决定解开那个袋子看看里面装的究竟是什么。刚刚蹲下来,采弥就说:"阿洛,你干什么呢?"

阿洛脱口问道:"你这个袋子里装的是什么?"

"我的生活,我的快乐,都在里面。"

阿洛听不懂。袋子可以装米,装豆子,装衣服,可以装的东西太多太多了,可生活和快乐怎么装进去呢?

这个采弥,难道是个巫婆?

"阿婆,这个袋子……可以……装进梦吗?"

阿洛问完了,就紧盯着采弥的眼睛。一个人的眼睛是说不了谎的,阿洛每次说谎都不敢抬眼睛看人。

采弥又咯咯咯地笑了:"当然可以呀!我这口袋里可是装了不少的梦哦!你想看看吗?"

"好啊!"

采弥把改好的衣服叠好了放下,顺手敲了一下阿洛的脑袋:"你这个傻小子,我这个梦可不能随便给人看!出门送信要记得吃饱肚子,还有,到那个森林里去可要处处小心啊!"说完,背起大布袋就走了。

阿洛张大嘴巴看着采弥的背影,好久都回不过神来。

夜晚,月亮像个饼,周围的云彩像冒出的腾腾热气。

阿洛躺在床上睡不着。

这会儿,松鼠先生还在睡吗?大力熊还在找它的梦吗?森林里真的一个梦也没有了吗?采弥这会儿又在干吗呢?

阿洛忽然想到,自己多久没有做梦了?

这一想,阿洛从床上跳了起来。老天!阿洛的梦也被偷了？！

布罗镇还有哪些人的梦被偷了？

阿洛打开门，他蹑手蹑脚地往采弥家走去。

阿洛悄悄拨开采弥屋子上的门闩，轻轻走进屋子。阿洛毕竟进过几回森林了，屋里黑黑的，他一点也不害怕，很快就找到了那个躺在屋角的布口袋。

阿洛侧耳听了听，没有动静。

他摸摸口袋，瘪瘪的，伸一只手进去摸摸，空空的，什么也没有！

"阿洛，找什么呢？"床上的采弥慢悠悠地问。

阿洛这回可吓死了。他想跑，腿却动不了了。

阿洛索性说道："阿婆，你真的没有偷梦？你这口袋真的不是用来装梦的？"

采弥点亮了油灯，拍拍床沿说："来，坐下，我给你讲个故事。"

"很久很久以前，我住在山那边的一个镇子里。我没有母亲，只有一个很威严的父亲。我的父亲是个瘸腿的神父，每天晚上，他喜欢背着一个大大的布口袋出去，一直到清晨才回来。走进家门的时候，他的鞋子和裤腿都湿透了，头发上也挂着露珠。他从来不告诉我他去了哪里，只是把布口袋扎得死死的，而且从不让我碰他的口袋。

"我不知道父亲多大岁数，我很小的时候父亲是什么样子，长大后看到的父亲还是那个样子。镇子上的人都说岁月拿父亲最没有办法，他好像永远也不会老。父亲给我穿最好的衣服，吃最好的东西，我住的房子也是镇子里最漂亮最豪华的。可父亲从来不让我动他的布口袋，他说那里面是他的灵魂和生命。父亲还帮助了镇子上的很多人，老人、孤儿、病人，都得到过父亲的帮助。我也一直以为，父亲是最值得尊敬的神父。

"直到有一天早晨，父亲提着口袋回来了，那次他的口袋里空空的。他失魂落魄，两眼失去了神采，他说他遇到了强盗，强盗抢走了他的口袋，解开了袋口，袋子里的东西一瞬间四散飘飞，逃向四面八方。父亲想抓，一个也没有抓到，强盗们同样也两手空空。他们愤怒地把父亲暴打了一顿。父亲带着空口袋回家了，从此一病不起。

"父亲生病，很多人来看他，大家带来了糕点，送来了鲜花，他们把最真诚的吻印在我父亲的脸颊和额头上，教堂里的孩子们每天都为我父亲祈祷，希望他能快点好起来，镇子上最高明的医生每天都给父亲送药。即便这样，父亲的病还是一天天重了，他的头发一天比一天白，他的皮肤开始长出老年人的斑点，他的关节变得僵硬，声音开始嘶哑，慢慢地，父亲吃不下饭，甚至连喝一口水也困难了。

"最后，父亲只剩一口气了。他让我把那个每天背在身上出去的布口袋拿给他。父亲告诉我，他其实不是一个好神父，他才是真正的盗贼，是偷梦的贼。父亲每天晚上出去，只是为了走进别人的梦里，遇到年轻的梦活泼的梦快乐的梦，父亲就会偷过来装进自己的布口袋，这些梦滋养着父亲，让他变得年轻和富有。有了这些梦，他就永远也不会老。父亲收集了一辈子的梦被强盗放走了，父亲的希望也破灭了。父亲把布口袋交到我手中，他要我牢牢守住这个秘密，希望我能成为一个永远年轻富有的盗梦人。我流着眼泪答应了父亲，父亲才闭上了眼睛。

"父亲的葬礼隆重而盛大，镇子上所有的人都来了，他们流着泪送别父亲。我看着他们，心里无比痛苦。他们不知道，自己真心爱戴的人居然是偷走他们美梦的人。那一刻，我就下定决心，我不要年轻，也不要富有，我不能成为父亲那样的盗贼和骗子。

"我离开了故乡，来到了布罗镇。这个布口袋，一个梦也没有装过，所以我又老又丑又穷，可我的口袋中装的是自己的人生和属于自己的快乐。"

采弥说完了，她的眼中噙满了泪水。

阿洛轻声唤道："阿婆，我知道你是个好人。可是，那些梦被盗走的人该怎么办呢？"

采弥说："这个世界上，像我父亲这样的盗梦人不止一个。如果梦被偷了，不要害怕，你只要不去想那个丢失的梦，该怎么生活就怎么生活，总有一天，那些梦还会找到自己的主人。不过，要是你因为丢了梦就失了魂，以后就算那些梦找到了你也不会认识你的！"

"我知道了,只要耐心等待,梦还会回来的!我要去告诉森林里的那些朋友,让它们不要再昏睡了!"

镇长的驴子

布罗镇的镇长有一头驴子。

每天早上,镇长骑着驴子从家里出发去他的办公室,晚上骑着驴子回家。布罗镇的全体居民都认识镇长,大家看到镇长都满脸堆笑地问候:"镇长好!"镇长一般都仰着脖子,鼻孔朝天哼一声,倒是那头驴子,"嗷——啊——嗷啊——嗷啊——"地帮着镇长回答人们的招呼。

日子久了,布罗镇的人们都喜欢上了镇长的驴子。大家还跟镇长打招呼,但是眼睛却看着驴子,耳朵也听着驴子的回答。渐渐地,大家喜欢驴子胜过了喜欢镇长。

大约镇长也发现了这个问题。有一天,布罗镇的人们发现镇长的驴子被蒙住了脸,只露出一双眼睛看路,一对耳朵听镇长的命令,驴子的嘴被严严实实地堵上了。

驴子不敢反抗镇长,可是它的眼睛里流露出哀怨的目光,让跟镇长打招呼的人看得心疼。大家看着驴子,想象着驴子好听的叫声。

镇长骑着驴子去审案子。镇长审案子之前喜欢喝酒,把自己喝得红光满面,走路摇摇晃晃,像一只硕大无比的企鹅。镇长眯着发红的眼睛,鼻子里喷着浓烈的酒气,两个打官司的人在镇长面前据理力争,他们说得唾沫横飞,指着对方的鼻子,撕扯着对方的头发,在地上滚来滚去,直到筋疲力尽都躺在地上动弹不得了才罢手,再看镇长,已经呼呼大睡了。两个打官司的人无可奈何地回去了,从此再也不想找镇长审案子了。镇长的驴子用耳朵尖儿挠挠镇长的脖子,它知道镇长的脖子是最敏感的,镇长果然睁开了眼睛,他一拍大腿说,案子审完了,我们回家!

驴子驮着镇长,慢悠悠地回家。还没到家,镇长再次睡着了,他趴在驴子背上,抱住驴子的脖子,睡着睡着,忽然就"噢——啊——噢啊——噢啊——"地叫了起来。驴子很生气,它颠了颠背,可镇长用蛮力抱住了它的脖子。路上的人忍不住地笑,这镇长,不让驴子叫唤,原来是为了自己叫啊!

没有喝酒的镇长,骑着驴子去上班;喝醉了酒的镇长,抱着驴子不肯撒手。人们都以为,镇长这辈子再也离不开驴子了。如果布罗镇的人说,驴子来了,驴子来了,那一准是镇长骑着驴子来了。

可是,谁都没有料到,忽然有一天镇长就不再骑驴子了。

镇长不知从哪里搞来了一匹马。这匹马有着雪白的毛,挺拔的身体,彪悍的肌肉,跑起来像一阵飓风。镇长骑上这匹高头大马立刻像换了一个人,昂着头,挺直腰,雄赳赳的,比骑驴子的时候威风了几十倍。

镇长再也不想骑驴子了。他把驴子送给了布罗镇邮局,邮局里的邮递员们都盼望着驴子能归自己,大家争着要,最后没办法了,就按着年龄大小,一人一天,轮换着使唤。

镇长的驴子变成了邮递员们的公用驴子,驴子依然每天在布罗镇上走动,只不过背上驮着的不再是镇长,而是大大的邮包。

有时候,驴子在路上会遇见骑着大白马的镇长,驴子就停下脚步,它充满依恋地看着镇长,希望镇长能停下来跟它说说话,不,哪怕是多看它一眼也行。可是,镇长的大白马跑得太快了,就像一阵飓风,呼地一下就刮过去了,卷起的沙土眯得驴子睁不开眼睛。

驴子就伸长脖子在路边叫:"噢——啊——噢啊——噢啊——"

驴子的叫声满含委屈。

镇长没有听到。布罗镇的人听懂了。他们说,这驴子,是在念旧,比起某些人,不知道好上多少呢!

邮递员却不允许驴子在路上瞎耽误工夫,他们一个劲儿地催驴子快跑,早点送完信好早点下班。

驴子的眼睛里水汪汪一片,它只好一步一回头地往前走。

当驴子轮到给邮递员阿洛驮邮包的时候,阿洛简直不认识它了,毛色干枯不说,瘦得简直皮包骨头,似乎一阵风就能吹起来,变成皮影戏里的纸片儿驴。特别是它的那双眼睛,失去了原先活泼的神采,就那么呆呆地等着阿洛将邮包扔到它背上。

等了半天,驴子感觉背上还是空空的。

原来,阿洛自己背上了邮包,他不忍心让瘦弱的驴子来驮,阿洛心疼驴子。

驴子跟在阿洛身后,走着走着,驴子说:"阿洛,你一向都走得这么快吗?"

阿洛说:"是啊!"说完后阿洛才明白刚才问他话的是驴子。由于震惊,阿洛的邮包都差点掉了。布罗镇从没有人听这驴子开口讲过话,它不应该只会"噘——啊——噘啊——噘啊——"地叫吗?

驴子看穿了阿洛的心思,它说:"没人听我讲过话,那是因为从没人给过我讲话的机会。"

是吗?那镇长听驴子说过话吗?

驴子又明白了似的,接着说:"镇长自然也没有,他只需要别人听他讲话就够了。"

哦，我的天，我是第一个听到它说话的。阿洛激动极了，他轻轻摸着驴子瘦骨嶙峋的脑袋说："我愿意听你说话，以后有什么就跟我说吧！"

"我来驮吧！"驴子说。

阿洛捏捏它的耳朵："不行，瞧你瘦得只剩骨头了。"

驴子有些羞涩："我也不知怎么搞的，忽然就觉得吃不香睡不着了。"

"要不，以后你就跟我回家住吧！"阿洛看见过驴子住的地方，那是在邮局后面临时搭建起来的一个棚子，四面漏风，棚顶上的茅草早就让大风卷得差不多了，外面下大雨的时候，棚子里也下着大雨，时间长了驴子非生病不可。

因为驴子实在太瘦了，驮着邮包走起路来慢腾腾的，原来邮递员一天能送完的信，现在有驴子驮着，居然只能送掉一半，大家开始嫌弃驴子，最后没人愿意再用驴子了。

阿洛却求之不得。白天，他背着邮包，驴子跟着他，一路走一路聊，一点也不觉得路远了。布罗镇的人说，驴子来了，驴子来了，那一准是阿洛带着驴子送信来了。

每天晚上睡之前，阿洛都跟驴子聊会儿天，当然，驴子只跟阿洛聊，有其他人在的时候，驴子要么不说话，要么只象征性地叫一两声。

阿洛问驴子的家乡在哪里，驴子说它已经记不清了，它说记得它第一次驮着镇长出现在布罗镇时,布罗镇几乎万人空巷,大家都挤到街上看它,有人还给它戴上了花环,它走到哪里,人们就跟到哪里。阿洛也想起来了,驴子刚来的时候,他还是个小孩,为了能挤进去看驴子,那天他的鞋子都被踩掉了,后来他回去找鞋子,在街边找到四只鞋子,可惜是不一样的款式,不一样的大小。

驴子说,它应该是从很远的地方来的,好像坐过一条好大好大的船,在一片好大好大的海上航行了好多天,海浪打到船板上,冷飕飕的,抽到身上像鞭子一样疼,下了船以后,又爬过了好多座高山,一座连着一座,仿佛怎么也走不完似的,最后,才到达了布罗镇。

阿洛睁着两只眼睛,在黑暗里想象驴子所说的大海、大船,还有那一座连着一座的高山。阿洛从来没有走出山外过,也没有见过大海和大船。

驴子说,阿洛,你知道吗?只要你愿意,你可以不必再当邮递员的。

阿洛不懂驴子的意思,阿洛说:"我很喜欢当邮递员,我希望能一辈子这么走下去,给大家送信。我现在只能送布罗镇的信,将来有一天,我会把布罗镇的信送出去,翻过那一座座高山,坐着大船到大海的那一边去,你也可以给你的家人写信,我也帮你送。"

驴子不说话了。阿洛想,它大约想家了,伤心了。

阿洛给森林中的松鼠送过很多次信，那些信是钟表匠特沃写的，他"偷走"了松鼠先生计算时间的秘诀，松鼠为此陷入了悲伤和痛苦。松鼠始终不回信，除了它不认识字不会写字的原因之外，还因为它不想原谅特沃，要知道，得不到宽恕的人也是会痛苦的，松鼠先生有多痛苦，就要让特沃先生也一样痛苦。

阿洛给松鼠读特沃的信，一封又一封，松鼠也感动，也抹眼泪，可是当阿洛请求它口头回信时，它却沉默不语。

驴子希望能跟着阿洛进入森林，阿洛有些犹豫，他进出森林多次都没事，但并不代表以后也会没事，驴子不能再受伤害了。

阿洛说："以后吧，以后有机会我带你进去。"

阿洛承诺的"以后"还没到来的时候，驴子却离开了他。

原来，一天晚上，镇长骑着白马去审案子，照样喝了很多酒，回家的时候，跑得像飓风一样快的白马丝毫没有减速，甚至因为路上没有行人，跑得比白天更加快了。镇长醉醺醺地从马上掉下去，头上摔了个大包，手臂摔断了。镇长的醉意被摔没了，他躺在地上嚎啕大哭，白马跑得忘乎所以，完全不知道镇长已经被自己弄丢了，等到发现的时候，镇长已经被人送到了医院。白马不敢回去找镇长，一溜烟跑得没影了。

镇长躺在病床上,想起了骑在驴背上那些优哉游哉的日子,想起驴子不紧不慢的步子和温顺的样子,想着想着,镇长忍不住叫了一声"噢啊——",眼泪就出来了。他命令手下:"马上把我的驴子要回来!"

驴子站在镇长面前,它面无表情地看着镇长,镇长泪眼婆娑地说道:"你怎么瘦成这个样子了?邮局的那群饭桶怎么搞的?"

镇长养好了伤,重新骑上了驴子,可驴子却再也没有叫过,它只是机械地走着,镇长喝醉酒抱着它脖子的时候,它觉得镇长嘴里的腐臭一阵阵地散发出来,让它作呕。

一天,镇长骑着驴子在街上巡查,跟送信的阿洛相遇了。

阿洛没有跟镇长打招呼,他只是伸手去摸驴子的脸。阿洛问:"朋友,你还好吗?"

驴子没有回答,除了阿洛,它不想让任何人知道它会说话。它定定地看着阿洛,用目光向他问好。

镇长却举起手中的鞭子,对着阿洛的手就是一下子,阿洛没有防备,发出一声惨叫,手背上沁出了血珠子。

镇长骂道:"大胆!谁是你朋友?胡言乱语!"

驴子突然"噢啊——"嘶叫一声,只见它把腰一扭,两条后腿一蹬,身子腾空而起,背上的镇长先是被抛向半空,接着重重地落到了地上。

路过的人们都吓坏了,这是怎么了?镇长的旧伤还没有好透,这下大概又要送掉半条命了。

果然,镇长这回不仅断了一条胳膊,还断了一条腿,医生说,镇长这辈子既不能骑马,也不能骑驴了,他只能坐着轮椅,慢悠悠地来,慢悠悠地去了。

如果说白马摔坏了镇长是事故的话,驴子就是故意的了,它明摆着想谋杀镇长哪!镇长的手下把驴子关押起来了。

驴子成了囚犯,最难过的人是阿洛。阿洛想,要不是自己去跟驴子打招呼,驴子就不会遭此飞来横祸,驴子是为了帮自己才落到这个下场的呀!

阿洛做出一个重要的决定——救出驴子!

关押驴子的地方阿洛很熟。

趁着一个雨夜,阿洛怀里揣了干粮,偷偷翻进了关押驴子的院子。

"我是阿洛,你别出声。"阿洛看见躺在草堆里的驴子,驴子也看见了阿洛,它想站起来,摇晃了一下又倒下了。

"我……快死了……你离开这里吧,阿洛。"

看见驴子奄奄一息的模样,阿洛的眼泪扑簌簌地掉落下来,他掏出干粮,一点一点塞进驴子嘴里:"别这样,我要救你出去,吃下去有力气逃走。"

"阿洛，镇长有一座秘密房子，里面装满了金币和宝贝，都是从布罗镇搜刮来的……"驴子喘着气，几乎没气力说话了。

"行，出去再说吧！"阿洛使出吃奶的力气把驴子拉起来，他搀扶着驴子，慢慢地挪出院门。

去哪里呢？镇长的手下要是发现驴子不见了，一定会到阿洛家搜查的，这一点傻子都能预料到。

驴子无家可归。阿洛胸中却早有主意。

来之前，阿洛已经去过一趟森林，他向松鼠求援。松鼠不慌不忙地说："我们的森林太久没有活力了，大家不愿意清醒过来，也不愿意走出去，到处死气沉沉，那头驴子，只要它不嫌弃，就让它来吧！再说，它不是被你们人类迫害的吗？就冲这一点，我们也愿意帮它。"

这个松鼠先生，被特沃伤害过，就开始讨厌人类了。只要是人类的对头，它都愿意出手相救。

阿洛轻轻吹了一声口哨，一个巨大的黑影像大山一般朝他们移过来。

"阿洛，我等得都快睡了，怎么这么慢？"黑影瓮声瓮气地问。

"看它伤得多严重！"阿洛指指驴子。然后又指指黑影，对驴子说："这是'大力熊'，是森林里的大力士，它是来帮助我们的。"

"大力熊"二话不说，头一低，背一弓，猛地将驴子背到了自己身上。

驴子一向是驮人的,从没被别人驮过,觉得头晕,不由得尖叫了一声。阿洛赶紧捂住了它的嘴巴。

雨越下越大了,"大力熊"加快了脚步,阿洛跟在后面一路小跑,没多久他们就钻进了森林。

连续几天都是大晴天,阿洛一如既往地哼着歌儿送着信,他听到大家在议论纷纷。

"你们知道吗?那头让镇长受伤的驴子不见了,也不知道逃到哪里去了。"

"有人看见了大得没边的脚印,像是什么怪物的,或许是怪兽来吃掉了它。"

"那可不一定,说不定是什么天兵天将来救了它呢!镇长就是该死,他搜刮了我们多少东西啊,你看看我们布罗镇,谁家没给他送过东西?不送的人都会被抓去坐几天大牢,你那年不是被抓过吗?哼!"

"就是就是,镇长那是罪有应得呀!"

"可怜了那驴子,帮我们报了仇,我们却没有帮到它!"

……

看样子,布罗镇的人们都开始怀念那头驴子了。

阿洛可开心了,他知道驴子的伤已经好了,在森林里有了自己的朋友。大家都计划着要帮驴子找到自己的家,等驴子养好了伤，就可以回家与亲人团聚呢！

镇长的那座屋子，阿洛已经找到，不过他发现那屋子里养着数条凶狠的狼狗，它们帮镇长守着他的财富，让周围的人不敢靠近。

不过，阿洛是谁呢？他可是布罗镇的邮递员哦！他给布罗镇的每户居民都送去了一封信，信的内容是什么？你一定猜得到！

几天以后，镇长被布罗镇的全体居民赶走了，那座装满财物的屋子被打开了，狼狗们见到拿着各种武器的黑压压的居民们，吓得屁都没敢放一个，夹着尾巴逃走了。

布罗镇没有镇长了，人们走在街上，总是不由自主地想起那头驴子。

收起你的凶器

布罗镇陷入一片恐慌,图尔进入森林离奇失踪了。

布罗镇已经好多年没有人进入森林中了,这么多年来,森林和布罗镇都相安无事,大家逐渐放松了警惕,就有好奇心重的人想进去看看,看看里面到底恐怖到什么程度。

杀猪的图尔长得五大三粗,胳膊举起来像两根铁柱子,一只手就可以放倒一头大肥猪,图尔满脸络腮胡子,他总是把寒光闪闪的杀猪刀别在腰间,有时候那腰间的刀子上还有刚刚杀猪留下的血迹,看上去图尔就像一个杀手,满脸的凶煞之气,镇子上的小孩子们看见他就害怕得直哭。如果哪家的小孩不听话,大人实在没法子,就会说:"再哭图尔就来了!"再不听话的小孩也会乖乖闭嘴。

图尔心血来潮,他说:"我五岁的时候就想去森林看一看,可现在快五十了,还没进去过呢!这个林子有什么呢?这么多年不是太太平平的吗?我进去抓几只野猪回来让你们这群胆小鬼瞧瞧!"

图尔把杀猪刀别在腰里去了森林。

大家饭也顾不上吃,觉也忘记睡了,都在森林外面等待图尔胜利归来。

可是,一天过去了,两天过去了,一连多少天过去了,图尔没有回来。

图尔一定是出意外了,这个森林里真的有怪物呀!布罗镇的人们陷入了恐慌,大人们把孩子都锁在家里,再三叮嘱他们不要随便进入森林,如果有陌生人来敲门也不要理睬。

阿洛进出森林一直都没事,布罗镇的特沃先生知道这一点,但是特沃没有告诉其他人。阿洛是个热心肠的好邮递员,特沃不希望把阿洛卷入是是非非当中,再说,以前阿洛进出森林没事不等于以后还没事呀!

阿洛不喜欢图尔。图尔是布罗镇的一个恶霸,他仗着力气大,经常欺负别人。谁家的猪肥了,图尔就上门去买,可是从来不按照说好的价格给钱,把猪卖给图尔的人总是很憋屈。如果拿着刚卖猪的钱向图尔去买猪肉的话,一头猪的钱只够买一条猪腿。即便这样,也没人敢说什么,曾经有个人不服气,说了图尔几句,图尔就把杀猪的尖刀捅进了那个人的小腿,那个人从此只得挂上了拐杖。

现在图尔失踪了，大家除了恐慌以外，更多的人其实在心里暗暗高兴。不少人松了一口气，以后再也不用担心受图尔的欺负了。

只是大家对森林更加害怕了。阿洛也觉得奇怪，在他看来，森林里真的没什么可怕的，里面虽然黑暗，但很安静，没有大家传言的怪物，所有的动物都陷入昏睡之中。

图尔究竟出什么事了？

图尔的儿子图格等待着父亲的音信，没有结果，终于憋不住了，他不顾众人的劝阻，执意要去营救父亲。

图格没有子承父业。他不喜欢杀猪是因为杀猪太脏了，也太累了。图格从小就娇生惯养，有图尔赚着大把的钞票，图格不愁吃不愁穿，只要尽情玩乐就好了。从小图格就做起了老大，带领布罗镇上一群不务正业的同龄人闲逛，偷鸡摸狗的事做了不少。大家讨厌他，可因为一个图尔就让人头疼了，再加上他儿子图格，要是真的惹上他们就等于惹上了一个甩不掉的麻烦，他们一定会像狗皮膏药一样黏住自己。惹不起，躲得起。

图格要他的那帮兄弟跟他一起去救自己的父亲，可关键时刻所有人都往后退缩，有的说，家里上有九十岁的老母，下有刚满月的孩子，不能去送死；有的说，自己才刚刚结婚，可不能抛下娇滴滴的妻子去干这个蠢事；还有的劝图格，反正你也不喜欢你老子很久了，没了就没了吧，他挣的钱够你一辈子吃喝玩乐了……

图格气坏了,这群酒肉朋友,平时有好处就聚在一起,一遇到难处就各奔东西了,看来因为利益才"团结"在一起的朋友真的不牢靠啊!

图格不喜欢图尔,但他的血管中毕竟流着图尔的鲜血,对自己的父亲见死不救,他就真的是猪狗不如的畜生了。

图格想起一个人,这个人是布罗镇有名的铁匠,布罗镇家家户户用的刀具和犁具都是他打出来的。图尔杀猪用的刀也出自他的手。铁匠跟图尔相处得很好,两人经常一起喝酒、划拳,图尔的刀钝了铁匠就免费帮他磨得亮闪闪的,让图尔杀猪的时候手起刀落,一刀见血,再犟的猪也会一刀毙命。

图格去找铁匠的时候,铁匠正光着膀子挥汗如雨地打一把锄头。

还没等图格开口,铁匠就说:"我不会去森林里的,你看我这边的生意,忙得不可开交啊!不过,这里有你父亲嘱咐我帮他打制的一把新刀,我可是花了七七四十九天才打好的,你可以带上防身用。"说完,铁匠从屋里取出一把长长的尖刀,寒光闪闪,铁匠拔下自己的一根头发,挥刀一割,头发果然断成两截,果真是一把好刀。

图格还想争取一下,可是铁匠已经挥动大锤在砸新打的锄头了,那手起锤落的声响一下下都砸在图格的心上。

图格带着刀,准备进入森林。

看热闹的人群远远地跟着,人人都好奇,可没有人敢靠近。图格有些壮士一去不复还的悲伤。他深深吸了一口气,准备踏上危险的旅程。

"我跟你一起去!"

图格扭头一看,是瘦弱矮小的阿洛。

对这个阿洛,图格从来没把他放在眼里。每次在街上遇到送信的阿洛,图格从不正眼看他一下,有一次图格和几个朋友喝醉了酒,甚至把阿洛包裹里的信件全部倒了出来,撒了一地,看阿洛欲哭无泪地满大街追着信件跑,图格得意地狂笑着,他笑阿洛像只可怜虫一样卑微而辛酸……

阿洛还是那样瘦小,虽然已经满十八岁了,可看上去就像个十四五岁的孩子。

"你?"图格没料到阿洛会这么不知死活。他很诧异,阿洛怎么会愿意跟着自己冒这么大的风险。同时,他又有一丝丝惊喜和感动,身后这么多人都远远地看着自己去"送死",只有一个阿洛挺身而出。

不过,图格还算冷静,他犹豫了一下说:"我看,还是算了吧!"

阿洛悄声对他说:"相信我,我去过森林。"

图格压根儿就不相信,他从鼻子里往外哼了一声,眼中浮出一丝不屑。

阿洛没有再说什么。

图格再次深深吸了一口气，一言不发地钻进了森林。阿洛紧随其后。

一进入森林，图格就僵住了，仿佛有鬼上了身。他知道森林里会很暗，但没想到会那么黑，黑得没有了方向，黑得他不知道先迈哪只脚了。

图格定定地站住了。

"往前走，一会儿就会适应的。"是阿洛在身后。

图格想，不能把脸丢在这么一个小孩子跟前吧！他呼出一口气，大步向前走去。一不留神，脑袋撞到了一棵树上，"咚"的一声，简直眼冒金星了；一个踉跄，脚下又绊到一根枯枝，差点摔倒，幸好被阿洛一把揪住了。图格羞愧死了，还好黑暗掩饰了他红得如同猪血一般的面皮。

阿洛拉着图格往前走去，森林里异常安静，图格听到自己胸膛里传出来的怦怦怦的心跳声和鼻孔中浓重的呼哧呼哧的喘息声。

越往里走越寒冷，阿洛也有些奇怪了，此时的森林比他以往来的时候更加黑暗。

图格拔出尖刀，尖刀闪着寒光。

阿洛说："你还是把刀收起来吧，森林里是安全的。"

"你敢保证？"

阿洛不说话了，这他也没法保证。

图格拔出了刀，胆子立刻大了不少，他甩开阿洛的手，挥舞着刀往前走去。

没走几步，图格忽然发出一声尖叫："啊！"紧接着，只听得"哗啦啦"的一片声音，好像有很多东西穿透树叶落了下来。

随着"哗啦啦"的声响越来越多，图格发出了持续的惨叫，最后他哭喊着："阿洛……救命啊……"

阿洛赶紧向前跑去，隐约看见图格抱着脑袋蹲在地上。

图格紧紧抓住阿洛的衣服："阿洛，有鬼啊！我快被打死了，哎哟哎哟……"

阿洛很奇怪，他和图格前后不过相差几步远，为什么自己什么事也没有呢？

"血！我流血了！"图格捂着自己的脑袋大声嚎叫起来。

黑咕隆咚的，阿洛什么也看不见。不过，他的确摸到了图格手上湿湿的。眼下最要紧的是赶紧走出森林。

图格叫道："我的刀！"

他把刀弄丢了。

阿洛使劲拉扯着他："保命要紧，要那刀有什么用？"

两个人踉跄着往回走。奇怪，那上空的声音陡然消失了，好像刚才的经历只是一个梦境。

一口气跑出森林，图格一屁股坐在地上，他喃喃自语："太可怕了，太可怕了……"

阿洛这才发现，图格满头满脸的鲜血，真的很恐怖。再看看自己，一点也没事。这是怎么回事？自己跟图格前后不过相差几步，怎么会这样呢？

把受伤的图格送回家后，阿洛决定自己一个人再入森林，一探究竟。

阿洛警惕地注意着头顶上的动静。静悄悄的，只有偶尔的风声悄然滑过。

阿洛向森林深处走去。图格不在，阿洛的心坦然了许多，图格的凶狠，图格腰里那把寒光闪闪的刀，都会让阿洛觉得不安。

依然没有之前的响动，阿洛一直顺利地走到了松鼠先生的小屋前，平平安安。

阿洛敲门。没有动静。

莫非松鼠先生还在睡？

阿洛犹豫着，又敲了几下。只听头顶忽然响起一阵奇怪的声音，好像是一阵飓风刮过，树枝摇晃着，树叶碰撞着，一阵地动山摇的感觉。阿洛心说，不好！图格受伤的情景再次浮现在眼前。

阿洛赶紧贴着松鼠的屋门站着，免得腹背受敌。

奇怪的是，那一阵飓风很快从头顶刮过，没有作任何停留，林子里也没有落下任何东西。森林立即又恢复了宁静。

"松鼠先生！松鼠先生！"阿洛不敢再长时间停留，他急急地叫道。

"别叫了!"大力熊揉着惺忪的睡眼走来说,"好容易做了个美梦还被你赶跑了!"

阿洛有些不好意思:"松鼠先生不在家吗?"

"是啊,出远门了。它表兄的女儿生了个儿子,它去庆贺了,走了好几天了,估计喝醉了,这么多天也不回……"大力熊嘟嘟哝哝地,似乎对松鼠抛下自己有些不满。

好吧,那就问问大力熊怎么回事吧!

阿洛把图格身上发生的事情一五一十告诉了大力熊,他指指头顶,问大力熊:"你们,那里,有可怕的东西吗?"

大力熊居然开心地抚掌大笑起来,"对的,那里,是很可怕。"他学着阿洛的样子指指上面,再指指周围,继续说,"还有那里,那里,也很可怕!"

阿洛不解:"为什么我进来这么多次都没事呢?"

大力熊一把拉过阿洛,用毛茸茸的手掌在阿洛身上乱摸了一阵,阿洛浑身的寒毛根根竖立,吓得一个哆嗦:"你干什么?"

"确保你的安全啊!"大力熊摸完了,满意地拍了拍手,"好了,你是安全的。"

阿洛一头雾水,他还想问什么,大力熊却伸了个懒腰,"啪嗒啪嗒"地走开了,它一边走一边告诫阿洛:"记住,要想安全地来这里,就要收起你的凶器!"

阿洛呆呆地站着,大力熊的话让他似懂非懂,"收起你的凶器",什么意思?

快走出森林时,阿洛恍然大悟,对!图格身上的那把刀,算不算凶器?

图格休息了半个月伤口才结痂,可是他变得不太敢出门,听到哪里有什么动静就吓得缩成一团。布罗镇的人都说图格中邪是因为森林里有鬼,阿洛之所以能平安地出入森林是因为他是魔鬼的儿子。大家一传十十传百,谣言就像花粉般在空气中传播。

阿洛在布罗镇上送信时,人们不太敢跟他靠近了,说阿洛身上有一股阴气,就像森林里的寒气一样。

阿洛并不知道大家已经把他说成了魔鬼的儿子,他去看望过图格几次,希望跟图格谈谈"凶器"的事,可是只要图格一看见他就会失声尖叫,好像阿洛真的是鬼怪一般。图格的反应让大家更加坚信之前的传言。

有几个胆子大的孩子趁着大人不注意,曾偷偷接近过阿洛。他们既害怕又好奇地跟阿洛打听森林里鬼怪的事情——

"阿洛,图格说害他的妖怪有一幢房子那么高,是真的吗?"

"阿洛,那妖怪真的有两个脑袋四只手,牙齿像大象的牙齿那样长,跑起来像风那样快吗?"

"阿洛,你真的跟妖怪是一伙的吗?为什么图格受了重伤你却一点事情也没有呢?"

"阿洛,那些妖怪会从森林里面跑出来吗?会不会到布罗镇来把我们吃掉呀?"

……

阿洛不知道说什么好。他说什么大家也不相信。最有力的证据是,为什么图尔进去了再也没出来,图格和阿洛一起进去,一个受了伤变得像傻瓜一样,一个却安然无恙?

走在路上,人们碰见阿洛就露出惊恐的神情,他们对他避之唯恐不及,却在背后指指点点。

阿洛照样很开心地送着信,他知道自己就是自己,不是什么妖魔鬼怪,也不认识什么妖魔鬼怪。

不过,麻烦的事情还在后头。

邮局的信件逐渐变少了,不少人说,宁可走几倍远的路去外面的镇子寄信,也不能把信投到布罗镇的邮局了。说信件包裹什么的一旦被阿洛碰到,收到的人会倒霉,沾上霉气。甚至,他们还举了不少例子:卖豆腐的阿涛上午刚刚收到阿洛送的信,第二天做的豆腐就全散了;种菜的老陶从阿洛那里拿到包裹后去给菜打杀虫药却打错了,那些菜全部都枯死了;还有裁缝店的裁缝跟阿洛打招呼说了两句话,随后一剪刀下去把裤腿剪短了半寸,害得白白废了一匹料子……这些传言越来越有鼻子有眼睛,弄得邮局的人看见阿洛就皱紧了眉头,似乎真的从阿洛身上嗅到了邪气。

"阿洛,从明天起,你就不要来了。"邮局的局长苦着一张脸说。

阿洛抹了抹头上的汗,没听明白,这是要他休假?还是……

"没听明白吗?"局长指指阿洛身上的工作服,"脱下来吧,从明天起你就不再是邮局的员工了。"

"为什么?"阿洛涨红了脸。

"为什么?要是你再待下去,我们这个邮局就彻底垮了。你看看,这些天少了多少邮件啊!柜台上都快蒙上灰了。"

阿洛没什么可说的了。

他放下东西,默默地走回家去。

阿洛不想辩解,辩解了没有谁会信。森林里的动物们不可能出来为他作证,就是说了布罗镇的人也不会相信;布罗镇的人被吓破了胆子,没人敢去森林里。

图格受伤的真相,阿洛不全懂。

采弥笑眯眯地迎接阿洛,带了热腾腾的南瓜馅饼。

阿洛垂头丧气,一口也没有吃。他躺在床上,闷闷地问采弥:"我是魔鬼的儿子吗?"

"你是酒鬼的儿子!"采弥把一个南瓜馅饼扔进嘴里,

笑着说,"胆小的人净说鬼话!"

阿洛精神一振:"你相信我是清白的?"

"我们阿洛要是不清白,这布罗镇还有清白的人吗?谁找一个我看看!快吃吧,饼要趁热才好吃,吃饱了有力气去寻找真相!"采弥又往嘴里扔进一个饼。

阿洛一把抢过剩下的饼:"再吃我吃什么?"说完,大口大口地吃起来。

采弥说:"吃完了跟我一起去拾宝吧!"

"我要去寻找真相!"阿洛头也不抬。

"真相只有一个。首先要养活自己,才能找到它!"采弥扔过来一个大口袋,"记住,你知道到哪里找我!"

采弥有自己固定的路线,阿洛进邮局工作之前跟着她一起去过很多回。

阿洛吃完了采弥送来的馅饼,背上口袋出了门。

同样是背着口袋四处走,可是阿洛完全找不到送信的那种快乐。他低垂着头,根据采弥的要求寻找着"宝贝",心思始终在森林里。无意中,他捡起一把生锈的小刀,刀刃已经有几个小豁口了,这是一把废刀。阿洛沮丧地扔掉了,忽然间却一个激灵!

大力熊说过,"收起你的凶器"。什么意思?难道"真相"是"凶器"?阿洛进入森林,从来没有带过任何"凶器",图格是在拿出那把刀之后才受的伤,而图格的父亲图尔进入森林带"凶器"了吗?森林里有专门侦查的人吗？只要带了"凶器"的，就会被攻击？阿洛越想越兴奋，他控制不住自己的脚步了。他丢下口袋，捡起那把刀，向森林奔去……

一进入森林，阿洛满身的热汗顿时冷却下来。阴风阵阵，树叶似乎被什么东西召唤着，簌簌地颤抖着，碰撞着，仿佛充满了怒气。

快了，马上就要到松鼠先生的小屋了。忽然，阿洛"啊——"一声惊叫起来，叫声还没传出去，阿洛便双脚踩空，身子掉下了一个陷阱，落叶从四边纷纷坠落，弄得阿洛满头满脸都是。

"救命啊——"阿洛吐掉嘴里的一片枯叶，大声呼救。

"救命啊——"回声。

"救命啊——救命啊——"阿洛继续呼救。

"救命啊——救命啊——"只有回声。

就在阿洛快绝望的时候，听见上面有脚步声，"咚——咚——咚——"一声比一声沉重，距离越来越近。

"救命——救命啊——谁来救救我——"阿洛拼尽全力叫喊着。

脚步声停住了，就在陷阱边沿。

"唉——"脚步声的主人叹了口气，"怎么是你？"

"我是阿洛——你是谁——不管你是谁，请先救救我——"阿洛仰着头说道。

一只毛茸茸的巨掌探下来，不等阿洛反应过来，那巨掌捏住阿洛的后背,猛地一提,阿洛已经到了地面上。

惊魂未定的阿洛这才反应过来,是大力熊。

"又把我的一个梦赶走了,你真的好烦人!"大力熊拍了拍自己的手,又对着阿洛的右手一拍,怒气冲冲地吼道,"不是让你收起凶器吗?"

阿洛一看,自己的手中果然捏着那把"凶器"——生锈的小刀。

真的是"凶器"在作怪!

"求求你,告诉我,为什么带着'凶器'就会有危险,好不好?"阿洛迫不及待了。

"真烦人!我要回去睡了!"大力熊夺过阿洛手中的小刀,把它扔进了陷阱,"好了,现在没事了,你去找松鼠吧,估计它酒意已经过了,希望有人陪它聊天呢!"

大力熊头也不回地走开了。

松鼠喝了一口水,说:"阿洛啊,不是所有的事你都能管的,还是管好自己的事吧!"

"这就是我自己的事。为了这,我都被邮局赶出来了。"

"真的?那,以后你就不能给我们送信了?"松鼠吃了一惊。

阿洛难过地点点头。

松鼠又喝了一口水:"好吧,我把我知道的告诉你,这话说起来有点长。"

据松鼠说，还是在松鼠的爷爷的爷爷的爷爷之前的好几个时代，那时候，森林里很平安。鸟儿们的家族中，有最出色的歌唱家和舞蹈家，风和日丽的时候，大家伙儿都喜欢看它们的演出。

可是好景不长，有一天，布罗镇的人开始猎杀鸟类，他们到处布饵、撒网，树林、灌木丛、河滩边，一不小心，鸟儿们就会落入他们的罗网；被他们逮住的鸟儿，都被割去了舌头和翅膀，因为他们嫌鸟儿们闹腾。那些日子，整个布罗镇和森林都是腥风血雨。一开始，剩下的鸟儿更加愤怒更加大声地歌唱反抗，可是布罗镇的人被激怒了，他们带着自己发明的鸟枪四处转悠，只要看到能飞的就开枪猎杀，不少天鹅和野鸭都跟着遭殃了。最后，会唱歌的鸟儿基本都灭绝了，森林渐渐失去了生机和活力，陷入一片沉寂。

一代一代的布罗镇人和一代一代的鸟儿就这样结下了仇怨，布罗镇的人习惯了没有鸟儿歌唱的生活，鸟儿也习惯了不在阳光下飞翔歌唱。看起来似乎相安无事了，可是不知道从什么时候起，布罗镇的人经常在林子里受伤，有的走进来便再也走不出去了，而那些受伤的和失踪的人进入森林时手中都持着弓箭和刀枪之类的"凶器"。当然，这些情况布罗镇的人自己并不知道，他们只是告诫自己的子孙，不要进入森林，那是个充满邪恶的地方。

松鼠喝着茶水,给阿洛讲述着这些,它叹了一口气说:"那些把图格砸伤的东西,那些深埋在树叶下的陷阱,还有图尔的失踪,等等等等,这些有可能都是鸟族们做的,因为那些鸟儿很少吃饱肚子,它们总是静静地潜伏在茂密的叶丛中,只有保持饥饿,才能保持清醒。当然,也有可能不全是它们做的,谁知道呢?我们森林跟你们布罗镇的恩恩怨怨又何止这些?你只是一个小小的阿洛,我只是一个小小的松鼠,我们管不了那么多的东西,今朝有酒今朝醉,来吧,尝尝我带回来的好酒吧!"

阿洛半晌没有回过神来,他没有想到布罗镇的人们曾经那么狠心,那些断落的鸟舌和鸟翅似乎在他眼前血淋淋地飞舞着。比起那些,图格的受伤,自己的坠落陷阱,好像都算不得什么了。

阿洛给松鼠先生斟满酒杯,便告辞了。

临出门,松鼠又嘱咐道:"记住,保护自己的最好方法是不要想着去伤害别人。"

阿洛心想,该怎样让镇子上的人知道这个真相呢?又有多少人会相信自己所说的呢?

图格的伤好之后来找阿洛。

"阿洛,我知道你不是魔鬼,因为你救了我,要不是你,我可能都没办法活着出来。我还是想去找我的父亲,你能再帮我一次吗?"

阿洛很激动。这么多天来,他每天沮丧地跟着采弥,可始终不快乐,特别是看到有邮局的人背着邮包路过身边时,阿洛的心情低落到极点,他多么想和过去一样,做个快乐的邮递员啊!

"好!我一定帮你!"阿洛想,如果能找回图尔,谣言就会不攻自破。

他们准备了足够的干粮和水,在进入森林之前,阿洛再三叮嘱图格,身上不要带任何"凶器"。图格有过一次教训,虽然对森林之行充满了恐惧,但他还是选择了相信阿洛。

一如既往的黑,一如既往的冷,一如既往的静。

阿洛牵着图格的手,用力地抓住。图格冰冷的手慢慢变得暖和起来,身体也不再瑟瑟发抖了。他们在林子里一边走一边注意听着头顶的动静,时不时留意脚下的声响。阿洛猜测,图尔也许会像自己一样落入陷阱。

走啊走啊,不知走了多久,森林里分不清白天和黑夜,只知道带的干粮已经快吃完了,水也没剩几口了。

图格灰心绝望,他说:"阿洛,我们回去吧,我父亲或许已经不在这个世界了。这样下去我们俩都会饿死在林子里。"

阿洛很难过。

忽然,有一阵异常轻微的响动传来,好像是人的呻吟声。

"图格,你听!"

图格也听到了。

他们迅速朝响声处摸去。在一棵大树下,一团黑影,呻吟声正是他发出的。

"父亲!"图格叫道。

"图格,是你吗?"真的是图尔!

阿洛和图格都认出来了,的确是图尔。朦胧中,图尔被一张大网网住了,两只手也被捆在身后,整个人蜷缩在地上,胡须老长老长,像个野人一般。身边不远处,一把闪亮的刀躺在地面上。

"父亲,我们救你来了!"图格说着,就要捡起那把刀去割网。

"不要!"阿洛连忙制止,他知道,一旦捡起那把刀,森林上空的那一双双愤怒而仇恨的目光就会看到,就会给他们招来灭顶之灾。

他们用手解,用牙咬,终于解开了困住图尔的网和绳索。

他们把剩下的干粮给图尔吃,图尔拒绝了,他说:"我不饿,每天都会有吃的东西从天而降,面包、烤肠,什么都有,所以我才能活下来。我只是被捆住太久了,太久没有走动,脚都快废了。"

他们搀着图尔,一瘸一拐地走出了森林。

一眼见到明亮的阳光,三个人不约而同地闭上了眼睛。

图尔再次睁开眼，禁不住放声痛哭，他边哭边说："儿子……儿子……我再也不杀猪了……我……我要改养猪……呜呜呜……"

阿洛和图格脸色苍白，却都笑得很开心。

"阿洛，你是个好人。谢谢你！"

"我要当个好邮递员！"阿洛充满信心地说。他看到布罗镇人看他的目光中，不再有猜疑和恐惧。

阿洛心想，要是能化解布罗镇与森林的怨恨，那就最好了。

爱讲故事的獾

"岁月在你身上留下了什么?看,我的左腿被蚊虫亲吻过,我的右手被荆棘刮伤过,还有这里,我的眉毛,一次小小的火灾烧掉了它,这些已经逝去的事情,都有迹可循,它们便是岁月留下的记号……"

这些话听起来是不是富有哲理呢?

这是一只喜欢讲故事的獾告诉阿洛的。

大概是图格父子去找了邮局的局长,阿洛又可以背上邮包穿行于布罗镇的大街小巷了。他送的第一封信是给森林中的獾先生的。

阿洛听松鼠说过獾,松鼠说起獾的时候满脸的无奈,一副恨铁不成钢的表情。松鼠说,獾不光让它无奈,森林里认识它的全体成员都很无奈。大家宁可走远一点,也要绕过獾住的洞屋,因为它总是喜欢隐藏在洞的附近,等你经过的时候钻出来扯你的裤腿吓你一跳。如果仅仅是这样还能忍受,接着,獾会扯住你的裤腿,热情地邀请你到它的洞屋做客,给你喝蜂蜜水,给你吃它煎的饼,在你好吃好喝的时候开始它的故事之旅。

"这样的獾不好吗?"阿洛很不理解。

"嘿嘿,很多事情,只有亲自体验了才会知道。"松鼠极为神秘。

獾把阿洛请到家里,拿出存了数年的蜂蜜招待阿洛。那蜂蜜已经凝固,獾用它的银勺又撬又挖,使了吃奶的劲才挖出一小块,不过就是那一小块也已经够甜了。

獾的热情让阿洛受宠若惊,他说:"獾大哥,我不过给你送了一封信而已,用不着这么客气的。"

"怎么是'而已'呢?"獾由于激动,声音都有些颤抖了,它说,"你可知道,这是我这辈子收到的第一封信。我虽然是个喜欢讲故事的獾,可是森林里没有人愿意听我的故事,我只能找一个树洞,说给它听。这下好了,我可以把我的故事写成信,寄给写信给我的人。"

阿洛知道孤独的滋味,对着树洞讲故事,该有多么寂寞啊!

阿洛说:"我愿意听你讲故事。"

獾脸上的表情让阿洛惊讶,那是比见了久别重逢的亲人更惊喜的表情。

獾赶紧端来了新做的煎饼,里面搁了洋葱、火腿、玉米粒,香气扑鼻,搞得阿洛很不好意思。

獾拉过一张矮木凳,信也忘了拆,便开始了它的故事——

"你知道吗?很久很久以前……那时候,我还很小,有一天,我在野外迷了路,跌跌撞撞地寻找回家的路,可是找了很久很久,也没有找到。我在灌木丛中,怎么也走不出去,荆棘刺伤了我的右手,血流不止,我用黄土止住了血。夜色来临,我没有找到要找的路,就睡在灌木丛中。夜里我醒了,发现一只特大号的蚊子正亲吻着我的左腿,它的尖嘴温柔地伸进我的皮肤,吮吸着我的鲜血,我的左腿又疼又痒,可是我不忍惊动它。可当它吃得肚子鼓胀时,柔弱的翅膀再也承受不住身体的重量,它没能飞起来,直接滚落到草丛中死去了。我的腿上渗出了血珠子,我很伤心,是我的血滋味太好,害死了它。我哭了,眼泪打湿了身边的草地。我想无论如何都要离开这个伤心之地,于是我横冲直撞,居然走出了灌木丛,找到了回家的路。我疲惫地倒在床上睡着了。我醒来的时候,发现房子里浓烟滚滚,我才想起来因为太累,忘记熄灭床边的油灯,可能夜里无意间碰翻了它引发了火灾。我顾不上房子,只身逃了出来,还好只受了一点轻伤,烧毁了眉毛。岁月在你身上留下了什么?看,我的左腿被蚊子亲吻过,我的右手被荆棘刮伤过,还有这里,我的眉毛,一次小小的火灾烧掉了它,这些已经逝去的事情,都有迹可循,它们便是岁月留下的记号……"

獾一口气讲完这个故事,长长地舒了一口气,仿佛刚刚从那丛灌木里钻出来,有些疲惫,又有些如释重负。它看了一眼阿洛,好像并不认识似的,径直走向自己的小木床,倒头就睡,很快响起了呼噜声。

阿洛莫名其妙,轻手轻脚地走出小屋,掩上门时,他发现那封给獾带来惊喜的信还原封不动地躺在桌子上。

真是个有些怪怪的獾。不过,还不至于像松鼠说的那样让大家讨厌得绕道走吧!

第二个星期的同一天下午,阿洛又发现了一封写给獾的信。

阿洛敲开獾的洞屋门时,獾招呼他进屋,有着浓重的鼻音,它告诉阿洛,两天前它走了一趟远路,受了凉,感冒了。

阿洛给它倒了热茶,把信交给了它。阿洛发现,獾用希冀的目光热切地看着他。于是阿洛问:"獾先生,你是想讲故事给我听吗?"

獾一听这话,顿时容光焕发,它一个鲤鱼打挺,起身,坐下,开始它的故事——

"你知道吗?很久很久以前……"

阿洛想,这个故事的开头怎么跟上次一样。也是,布罗镇的人们讲故事也总是喜欢说"很久很久以前"的,似乎这样才显得真实可信。

"那时候,我还很小,有一天,我在野外迷了路,我跌跌撞撞地寻找回家的路,可是找了很久很久,也没有找到,我在灌木丛中,怎么也走不出去,荆棘刺伤了我的右手,血流不止,我用黄土止住了血……"

阿洛忍不住打断了它:"獾先生,这个故事你上次讲过了。"

"讲过了吗?"獾的表情茫然又无辜,"哦,让我想想,想想。"

思索了片刻,獾笑了:"好吧,以后发生的事我肯定没有告诉过你。夜色来临,我没有找到要找的路,我就睡在灌木丛中,夜里我醒了,发现一只特大号的蚊子正亲吻着我的左腿,它的尖嘴温柔地伸进我的皮肤,吮吸着我的鲜血,我的左腿又疼又痒,可是我不忍惊动它,可当它吃得肚子鼓胀时,柔弱的翅膀再也承受不住身体的重量,它没能飞起来,直接滚落到草丛中死去了。我的腿上渗出了血珠子,我很伤心,是我的血滋味太好,害死了它。我哭了……"

阿洛有些明白松鼠的话了,大家害怕听獾的故事,是不是这个原因呢——獾只会讲这一个故事,像煎饼一样,正面,反面,翻来覆去都是同样的配料。

不出所料,獾的故事跟上次一样,一个字不多,一个字不少,甚至连语气和停顿的地方都一模一样:"……眼泪打湿了身边的草地。我想无论如何都要离开这个伤心之地,于是我横冲直撞,居然走出了灌木丛,找到了回家的路。我疲惫地倒在床上睡着了。我醒来的时候,发现房子里浓烟滚滚,我才想起来因为太累,忘记熄灭床边的油灯,可能夜里无意间碰翻了它引发了火灾。我顾不上房子,只身逃了出来,还好只受了一点轻伤,烧毁了眉毛。岁月在你身上留下了什么?看,我的左腿被蚊子亲吻过,我的右手被荆棘刮伤过,还有这里,我的眉毛,一次小小的火灾烧掉了它,这些已经逝去的事情,都有迹可循,它们便是岁月留下的记号……"

阿洛心说:"难怪呀难怪。"

阿洛勉强听完了獾的故事,挤出一个微笑,说:"獾先生,我很喜欢你的故事。以后有机会我还会来听的。"

獾热情地把阿洛送出了门,期待地约他下次再见。

阿洛开始害怕给獾送信,他祈祷最好不要出现獾的信。

可是,怕什么往往就来什么。第三周,又有写给獾的信出现了。

阿洛硬着头皮敲开了獾的门。獾好像初次见面一样,应该说,它好像完全记不得阿洛已经给它送过两次信,已经听它讲过两回故事了,獾挖出一小块蜂蜜,泡好蜂蜜茶,再煎了饼,端给阿洛。然后,它憧憬地看着阿洛。

"恐怕……不行……我还有不少信要送呢！"阿洛眼看着獾眼中的火苗倏地黯淡下去，有些犹豫了，"要不，我可以先听一听您的故事？"

獾兴奋极了，它开始了滔滔不绝的讲述："你知道吗？很久很久以前……"

阿洛强迫自己做出很感兴趣的样子，听獾先生重复了第三遍的故事，最后，阿洛逃也似的离开了它的洞屋。

獾先生，怎么会这样？

阿洛去问松鼠，松鼠说，它只知道獾先生是后来搬迁过来的，据说当时来的时候，獾浑身伤痕累累，一问三不知。大家见它可怜，齐心合力帮它挖了洞屋，留它住下，等它养好了伤，大家问它从哪里来，还有没有亲人，要到哪里去，獾都答不上来，只是不断地给大家讲它那莫名其妙的故事，一遍又一遍……

于是，送信的时候，阿洛就常常向人打听怎么治疗"健忘症"，得到了很多版本的治疗方法——

"那是由于失眠引起的，我自从一年一年地变老了之后，就睡不着觉了，也总是忘记一些东西，你看，我昨天炖在灶上的肉汤全烧干了，锅底也破了……"

"你说的健忘啊，那一定是摔跤后遗症，特别是伤到头部的时候，最容易患上这样的疾病了。怎么治疗呢？也许，再摔一个相同的跟头就会好的吧！"

"健忘多好啊，我正巴不得健忘呢，那样就可以把许多的烦恼和痛苦统统都忘掉。我的记忆力太好了，大概跟我每天吃素有关，你可以试试这个法子，你小小年纪也健忘？看上去不像啊……"

阿洛的脑子里开始打架了，他无法判断獾属于哪一种"健忘"，再见面的时候就给獾带去了几种药材，据说是补脑子的。

獾喝了一口阿洛带的药汤，"噗"一口吐了，苦死了！

阿洛说："这对你的身体有好处。"

"我病了吗？我可没病？"獾敲打了一下自己的胸脯，"看，我刚刚修葺了我的洞屋，墙壁多么光滑！都是我一个人干的，病人能做到吗？"

很明显，獾生气了。阿洛不敢再多说什么，他想赶紧离开，可是獾揪住了他："求求你，听我讲完我的故事再走好吗？"

"我听过了，獾先生。"

"不可能，我从来没见过你，你怎么会听过呢？"糟了，獾不光是忘记以前的生活，刚刚发生的事也无法留下记忆，它的头脑中就只存下那个"故事"了。

"好吧！"阿洛百般无奈地坐下，听獾讲那个毫无新意的故事。

离开的时候，阿洛问："獾先生，到底是谁给你寄的信？"

"这个嘛，我也不知道。"獾把信递给阿洛，"你帮我瞧瞧。"

阿洛一看，信纸上一个字也没有，只有一幅画，画面很熟悉，阿洛抬头一看，信纸上画的不正是獾的洞屋吗？床的样子、凳子的位置、水壶的形状，都一模一样！难道？这是獾自己写给自己的？

阿洛指指獾，再指指信："这是你自己画的？"

獾连连摇手："怎么可能！我自己写的能不记得吗？"

阿洛嘟囔着："你自然是记不得，要是记得我还费心给你找药吗？"

獾把信夺了过去，当成宝贝一样跟之前的信摆放在一起。

獾的信每周一封，风雨无阻。

阿洛看到有给獾的信便头皮发麻，他不怕送信，就怕听獾讲故事。阿洛想，有没有一种病叫"故事恐惧症"？自己已经患上这种病了。

第九次给獾送信，第九次听獾讲故事之后，阿洛发现了，那信绝对是獾自己写给自己的，因为阿洛在獾的桌子上看到了獾写信的笔，他拿起来画了几笔，跟信纸上的颜色和线条一模一样。

阿洛有些生气，他把信用力拍在獾的桌子上："獾先生！你这是干什么？你以为我是傻子吗？这明明就是你自己的恶作剧！自己给自己写信，亏你想得出！要知道，送信也是很累人的事！你再这样我就再也不会见你了！"

獾傻傻地看着阿洛，被阿洛吓坏了，它端着杯子的手一哆嗦，蜂蜜水洒了一地，它连忙说："我真的不知道，难道这真的是我写的吗？我怎么没有一点印象呢？可是，这里画的的确是我的家耶，也许真的是我自己写的，可我为什么记不得了？难道我真的病了吗？"

看着獾焦急万分的样子，阿洛有些不忍，他安慰说："没事的，你没有病，只是有些健忘了。"

獾抱着自己的脑袋，呆呆地坐着，一动不动，它盯着桌上的那些信，久久地……忽然，它抓起那些信，扯着，信成了碎片，撒了一地。

"獾先生，不要这样，不要这样，不管你写多少，我都会给你送来的，相信我，相信我！"阿洛拉住獾的手。

獾显然是绝望了，它狂怒地吼道："快出去！出去！不要再来送信了！不要了！"

阿洛被赶出了洞屋。他站在黑暗的林子里，看着洞屋窗口透出的灯光，看着光影中獾先生疯狂地踱步的样子，心痛极了，他甚至有些后悔告诉獾先生事情的真相。只要能让獾过得快乐，健忘又怎么了？每周多送一封它写给自己的信又怎么了？

现在，阿洛开始担心獾不给自己写信了。那样，便没有人来听獾先生的故事了。在偌大的森林中，在黑暗的洞屋里，丢失了过去的獾会不会被寂寞憋坏？

阿洛失落地往森林外走去，淅淅沥沥的，有雨滴穿过叶片落在阿洛的身上，更多的雨滴构成了音符，将树叶作为琴键，奏出伤感的乐曲。

忽然，阿洛觉得脖子里痒痒的，他一摸，抓到一只小虫子。

虫子哀求道："好心的邮递员，我又饿又冷，无处藏身，借我一个安身之所吧！"

阿洛于是把它握在手心。谁知它挣扎着探出头来："唉，闷死了，你怎么不说话？给我讲讲你的故事吧！"

阿洛没有心情，他说："你不是饿了吗？我带你回去找吃的吧！"

小虫不满地说："你以为我会稀罕你们人类的吃的吗？我的粮食是故事，只要能听故事，我就算十天十夜不吃不喝也没关系。"

小虫的话让阿洛眼前一亮，对了，獾先生有救了！小虫也有救了！

阿洛迅速回转，他敲开獾先生的门："獾先生，请你救救这个可怜的家伙吧！"

小虫好奇地打量着獾，从阿洛手上跳了下来："嘿，黑乎乎的家伙，我可以做你的房客吗？"

獾狐疑地看着它，再看看阿洛。阿洛笑着说："獾先生，收留这个无家可归的小家伙吧，给它一个安身之处，给它讲讲你的故事。"

提起故事,獾的眼睛亮了。

阿洛轻轻关上门,离开了洞屋。

再一个星期,阿洛没有发现獾先生的信,他想,小虫一定被獾先生的故事喂得饱饱的吧!

接着,阿洛给獾先生写了一封信,信纸上画了森林之外的高山,画了布罗镇的教堂、街市……不知道森林之外的这些能否唤醒獾先生的记忆?

去森林给獾先生送信的路上,阿洛在树上和林中的小道边留下了一些标牌,上面写着:"如果您无处安身,请到洞屋找獾先生,记得带上您的耳朵,倾听獾先生的故事。"

阿洛想,健忘的獾先生同样可以过得很幸福吧!但愿!

风带来的音乐

作为布罗镇的邮递员,阿洛总是能最先听到各种新闻。

最近,布罗镇盛传一条新闻,说镇上来了一个外地人,此人很奇怪,不仅穿着奇特——总是一身黑衣,说话口音奇特,而且还随身带着一种奇特的东西。那东西用黑色的布包裹着,斜背在身上,走路背着,吃饭背着,睡觉也背着。大家都说那一定是一把寒光闪闪削铁如泥的宝剑,那人一定是个歹人,到布罗镇也没安什么好心,因为他从来都不笑,也很少正眼看人。

阿洛路过"朱记"烧饼铺子的时候,那个传闻中的人正坐在铺子里喝一碗豆花儿。果真很不一样,阿洛特地停下来看了他一会儿。只见那人埋着头,目光被豆花儿吸附到碗里去了一样。那把"宝剑"紧贴在他身后,像是他的伴侣。

阿洛肚子也饿了,他走进去,对"朱记"的老板说:"买一个烧饼。"

阿洛说话的时候,目光没有离开那个人。

那人头也没抬,喝光了碗里的最后一口豆花儿,然后,站起身离开了烧饼铺,依然,没有看任何人。

阿洛站在铺子里,看着他高高的背影远去,忘了拿自己买的烧饼。

"真是个特别的人!"阿洛说。

"谁说不是呢!这段日子可要当心了,睡觉闩好门窗。"烧饼铺子的老板老朱说。

采弥给阿洛量着胳膊尺寸,最近阿洛的身子长得很快,衣服都短了,采弥要给他做一件新衣服。阿洛把工资都交给了采弥,这让采弥眉开眼笑的,她说:"我们阿洛以后可要少穿旧衣服,这一晃都成小伙子了,该娶媳妇儿了!"

采弥说:"阿洛,我在特沃先生的钟表铺子给你预订了一块手表。"

"要那东西干吗?"

"你没觉察出来吗?最近咱们的镇子很不寻常呢!据说每天夜晚到来的时间都在提前,几百年来都没有过的现象呢!"采弥郑重其事。

"是吗?我没有感觉。"阿洛每天送信,都是很晚才回家，对他来说，天黑已经不是问题，或许是因为在黑暗的森林中走惯了的缘故，阿洛喜欢走在黑暗中的感觉。沐浴着天上淡淡的月光，一切都变得美好起来。一幢幢矮小的房子连成一片，那不是小人国的城堡吗？一簇簇野花挨着挤着，似乎正为睡觉的地方争吵呢！小路弯曲延伸成一条腰带，空旷的大路则显得有些无助……

天黑，有什么要紧的？

采弥不同意，天黑得早，她可得少拾多少宝贝呀！还有，用来点灯的油得翻过多少座山运送过来，每天点灯的时间延长了，多耗多少油啊！早早天黑，早早吃晚饭，还没睡着呢，肚子先饿了，还得再吃一顿，这样下去，布罗镇的人都会变成胖子的！还有，照这样下去，会不会某个时刻开始就再也没有白天了呢？一个黑夜连着一个黑夜……天哪，天哪，想想都害怕。反正不能让天早早黑下来。

为什么会这样？

阿洛就向邮局的人打听。据专门从山外运送邮包的同事说，山外没有这样的情况，天该黑的时候黑，该亮的时候亮。

阿洛也开始担忧了。是啊，照这样下去，岂不是要把白天给全部挤走吗？

阿洛走在路上也开始忧心忡忡了，每天傍晚他更是提心吊胆，看着从特沃先生那里定制的手表。果真如此，黑夜到来的时间一天早过一天。

布罗镇陷入恐慌。人们没有心思说笑了，遇见的每一个人都行色匆匆，大家异常忙碌和焦躁——

"快点快点，还有好几把斧子没打好呢！"铁匠手一抖，快要成型的斧子被打成了废铁。

"哎呀，又搞错了，这可怎么办？迟早有一天会关门的！"裁缝对着被剪错的布料心疼不已。

"看看你，看看你，再不写好天就黑了！"哪家的孩子又在挨揍了，哭声穿透空气传得很远。

空气中弥漫着一股末日的气息。

一切都变得不正常了，提前到来的黑夜夺走了人们的轻松与快乐。

阿洛的脚步也不得不加快。他虽然不怕黑夜，但是收到信件的人可不希望在昏暗的灯光下看那模糊的字迹。最近阿洛总是被抱怨，说他是不是也变成了偷懒的家伙，怎么一天比一天晚到呢？

到底出了什么事？

这天，阿洛去森林看望獾先生，他惊喜地发现，獾先生的洞屋已经渐渐变成了旅行者的旅馆了。那些路过的旅行者，沿着阿洛的指示牌找到獾先生，得到了盛情的款待。作为报答，它们连续听几遍獾先生的故事也不觉得厌烦，獾先生因此异常开心。而阿洛画的那幅画被獾装裱悬挂在洞屋的客厅里。獾忘记了阿洛,它像对待那些旅人一样热情地招待阿洛,让阿洛欣赏墙上的那幅画,声称那幅画是自己最最要好的朋友从外面寄过来的。

阿洛偷偷笑了。

此时,他听到一阵悲伤的音乐隐隐传来……如泣如诉……悲悲戚戚……在风中显得异常悲凉……

獾停了下来,叹息一声说:"又来了。"

旅行者灰兔说:"是啊,每次听我都想哭。"说完了真的掏出一块手帕擦了擦眼睛,眼睛更红了。

阿洛问:"是谁?"

"风送来的。"獾竖起耳朵,又一声叹息,"好伤心哦!"

在乐曲声中,阿洛走出森林。他惊讶地发现,随着乐曲越来越悲伤,布罗镇的天空越来越暗,当音乐停止的时候,夜幕彻底罩住了整个镇子。

难道,天色的黑暗跟这音乐声有关?

是谁在演奏?

阿洛已经熟悉了布罗镇的每一户人家,他在镇子上从来都没有听到谁演奏过这样的乐曲。再说,布罗镇也不会有人进入森林的,除了阿洛。

第二天,没有送达森林的信件。但傍晚的时候,阿洛进入了森林,他要寻找演奏音乐的那个人。

阿洛站在林子里等候。果然,先是一阵低微的声音,像在试探似的；渐渐地，乐声逐渐响了起来，从平静进入悲伤……听着听着，阿洛的心紧缩了起来，眼睛湿润了，他仿佛看见了自己在天国的父母的眼睛……

阿洛来不及擦干眼泪，他循着音乐声向前走去……

在音乐快要终止的那一刻，阿洛看见了那个人，在"朱记"烧饼铺里看见的那个陌生人。

外地人正从嘴边移开乐器——一支长长的笛子。

原来斜背在他身上的那把"宝剑"是一支笛子！

阿洛一时不知道说什么好。外地人发现了阿洛，漠然地看了阿洛一眼，收好笛子，准备离去。

"请等等！"阿洛走上前去。

陌生人没有说话，看着阿洛，目光仍旧冷漠。

"请你告诉我，你为什么如此悲伤？"阿洛问。

陌生人没有回答，他反问阿洛："布罗镇的人害怕森林中的鬼神，没有人愿意踏进森林一步，为什么你会进来？"

"我是为森林传递消息的邮递员。"阿洛自豪地答道，他继续追问，"音乐不应该给人带来快乐吗？为什么你演奏的曲子只会让人流泪？"

"因为有让人流泪的事情。"陌生人说完，急匆匆离去了。

阿洛紧追不舍，谁知没追多远，陌生人就消失不见了。

阿洛走出森林，打听陌生人的住处。谁知，他找遍了布罗镇大大小小的旅馆，也没有陌生人的下落。阿洛断定，陌生人是居住在森林里的。这个想法让阿洛莫名地兴奋起来，他好像找到了一个志同道合的朋友，尽管还不能断定他是朋友还是敌人，毕竟布罗镇的黑夜被他早早引来了。

阿洛连续几天傍晚都去森林蹲守，这几次，他没有惊动陌生人，只是远远地听着，等他演奏完了之后，再远远地跟着，最后，终于找到了陌生人的藏身之所——一个大大的树洞。

陌生人睡在树洞里。

阿洛觉得，悲伤的音乐中一定有一些悲伤的故事，就像獾先生失去的那些记忆，陌生人一定也是失去了什么才会如此伤感忧郁。

阿洛偷偷在陌生人居住的树洞里放上毯子，放进采弥酿的李子酒和收信人送给他的五彩糕……

阿洛第四十九次往陌生人的树洞放东西时，陌生人从树后闪了出来，他说："阿洛，谢谢你，以后不要再为我做这些了。"

阿洛有些惊慌。

陌生人说："我要离开这里了，我知道自己的悲伤之乐给你们带来了黑暗，带来了烦恼，我决定离开了。离开之前，我想给你讲讲我的过去。"

阿洛连连点头。

陌生人放下手中的长笛，说：

"我从离这里很远很远的城堡来。我是那个城堡的宫廷乐师，专门为君主演奏。春天，我演奏生机之曲，那些曲子催生了万物，花听花开，鸟听鸟鸣；夏天，我演奏消暑之歌，歌声挟来阵阵清风，带来凉爽舒适；秋天，我吹奏丰收之乐，果实为之羞涩，变得甘甜松软；冬天，我的乐曲是最好的驱寒利器，整个宫廷暖意融融，再也不用点燃火炉……每晚入睡，我为他轻轻送去催眠曲；每天早晨，我用欢快的曲子将他从梦中唤醒；他出游时，我的歌声为他引来蝴蝶飞舞，百鸟齐鸣……

"可是，灾难降临在我的身上，我的儿子忽然得了疾病，尽管我为他请来了全城最高明的医生，可他挣扎了几个钟头便死去了。第二天是公主的生日，君主不顾我的丧子之痛，要我为公主吹奏最欢快的音乐。我忍住泪水开始演奏，可是悲伤仍然随着乐曲流淌出来。我没有办法，我控制不了我的音乐。谁知，就是这悲伤为我带来了更多的灾难。公主听着音乐流出了眼泪，君主勃然大怒，他下令将我驱逐出境，永远不得再踏进城堡半步。不久，我听到妻子改嫁的消息，随后，唯一的母亲也病逝了。从此，我一蹶不振，借酒浇愁，再也吹奏不出欢乐的乐曲。

"我只想远远地离开，离开那个伤心之地。我流浪着，几乎走遍了这个世界的每一个角落，最后，我找到了布罗镇。这里的山我喜欢，这里的森林我也喜欢，我喜欢一个人躲在黑暗里，演绎我的悲伤……

"可是，阿洛，你让我渐渐远离了悲伤。我想起了我离去的儿子，想起了埋葬我母亲的故乡。我听说那个君主已经死了，是因为太过残暴被人刺杀的，继任的君主已经下令赦免所有的囚犯，我也该回去了。"

阿洛为他感到由衷的高兴。

陌生人说："离开之前，我想再为你吹奏一曲。"

陌生人把笛子靠近嘴唇，专注地开始吹奏，音乐流淌出来，声音清脆婉转。很奇怪，那种悲伤不见了，替代的是轻柔和舒缓，如风吹过脸庞，如阳光敲打树叶……

笛音停息，陌生人的脸上浮现出难以置信的表情，他看看头顶密密的树叶，看看阿洛，激动万分："阿洛，我可以吹奏这样的曲子啦！"

忽然，"啾啾！"森林中传来了一声鸟鸣，宛若天籁之音。片刻之后，又一声鸟鸣响起，接着，一声接着一声，"叽叽喳喳！""啾啾啾啾！""叽叽喳喳……啾啾啾啾……"鸟叫声越来越多，越来越响，逐渐变成一首动听的交响乐，从森林上空倾泻下来……

"鸟叫啦！你让鸟儿开始叫了！"阿洛惊呼起来，他从出生以来第一次在布罗镇的森林听到鸟叫声，真是奇迹呀！

陌生人问："鸟叫很奇怪吗？"

阿洛点点头："一定是你的笛声！一定是的！"

不由分说，阿洛拉起陌生人的手，往森林外走去。

一走出森林，阿洛再次惊讶得合不拢嘴。

只见布罗镇的天空一片灿烂，云霞铺满西边的天际，红的黄的紫的……整个天空像披上了五彩的衣衫，天色依然明朗，以往早早到来的黑暗没有来！

阿洛知道了，悲伤的笛声带来的是黑暗，只有快乐的笛声才能引来光明！

阿洛紧紧牵起陌生人的手："这下好了，再也不用担心黑夜了！你能吹奏快乐的曲子，就能为我们留住光明，你可以不用走，留下来吧，这里的人们会喜欢上你的。"

陌生人摇摇头，坚定地说："不，我更要回去，我的父母、我的孩子，都留在那里。我一定要去陪伴他们。"

阿洛抬头看看天空，是啊，采弥常说，阿洛，不要认为你只有一个人，你的父母时刻都在天上看着你呢！陌生人的亲人的目光一定也会追随着他吧！

陌生人走了，留给阿洛一个黑色的身影。

布罗镇又恢复了正常，白天黑夜又变得跟以往一般长短，人们不再心急火燎了，阿洛也不再被责怪了。可除了阿洛，几乎没有人知道这变化的原因。

当阿洛偷偷把事情的经过告诉采弥时，采弥指指阿洛手腕上的表说："手表还要戴吗？"

"当然!"阿洛连忙拉起袖子盖住了手表,森林里的信件似乎一日日多了起来,那里面仅有的一块手表就是特沃先生送给松鼠的,可从来没见松鼠佩戴过呢!阿洛想,下次去松鼠那里让松鼠看看,这手表的诞生也有他的一份功劳呢!

陌生人还会回来吗?这么想着,风中似乎又传来一阵悠扬而欢快的笛声……

布罗镇的香气

"阿洛,你是阿洛!"正在急着赶回家的阿洛在森林中被叫住了。

"你认识我?"阿洛从没见过这只兔子。

"你是布罗镇的邮递员,我当然认识。你给我们家送过好多次信,你还喂过我,抱过我。"兔子眨巴着大眼睛,歪着脑袋说。

阿洛也眨巴了两下眼睛,没想起来。他给森林中的松鼠和獾送过信,却不记得给兔子家送过。

兔子神神秘秘地轻声说:"我是布罗镇孟家的兔子。"

孟家?

对了,孟家是养了不少兔子,不过那些兔子都是留着吃兔肉的呀!每到冬天,就会有外地人来布罗镇找养兔子的老孟,向他收购兔子。据说那些兔子最后会变成熏兔肉、腊兔肉、咸兔腿，兔皮变成手套、背心和大衣等。所以，孟家的兔子进入深秋以后就开始忧郁，陷入恐慌，吃饭不香，睡觉也不安稳，有不少兔子试图咬破笼子逃出去，可几乎没有成功的。

那么说，这只兔子是从孟家逃出来的？

兔子的确是孟家的兔子没错，不过，并不是它自己逃出来的，而是很小的时候被老孟家的小儿子弄丢的。

那是兔子刚出生不久，老孟的小儿子小小孟把小兔子们抓出来玩耍，其中的一只小兔子钻进草丛迷了路，等它重新找到自己的妈妈时，兔妈妈已经拒绝接受它了，对兔子来说，长什么样子不重要，最重要的是身上的味道：小兔子四处找妈妈的时候，身上沾了太多的味道，草的味道，花的味道，泥土的味道，相遇时舔过它的狗的味道和摸过它的猫的味道，这些味道已经盖住了妈妈留在它身上的味道。所以，兔妈妈看这只小兔子就像看一个陌生人，它完全不理睬小兔子的解释和哀求。

小兔子就这样成了流浪兔。不过，最初的伤心过去之后，它发现流浪的日子其实挺好的。

虽然在笼子里想吃就吃，想睡就睡，可巴掌大的地方，只会让兔子变得又肥又蠢，无需思考，无法活动，等待着最后被宰杀。小兔子出来后才知道，原来它们兔子家族成员好多，它们生活的空间也不该止于笼子。小兔子走入大森林,在适应了黑暗和害怕之后,它遇到了一位好心的兔大哥——豁耳朵。

豁耳朵把小兔子带回了家。小兔子看着围坐在桌子周围优雅地喝着萝卜汤的兔子一家,惊讶得无法闭上自己的嘴巴。

豁耳朵把小兔子介绍给家里的兄弟姐妹,它说:"这位可爱的小兄弟叫……对了,你叫什么?"

"我叫小兔子。"

"你总得有个名字吧!"豁耳朵表示不解。

"名字?名字是什么?"小兔子从来不知道兔子也需要名字。

豁耳朵看来真是家中的大哥,它很干脆地说:"看来告诉你你也不懂,这样吧,你就叫捡捡吧,你是我捡回来的第一只兔子。"

小兔子捡捡就在豁耳朵家住下了。没过几天,它就喜欢上了围坐在桌子周围,一起吃饭、喝汤的那种感觉,自由自在,不慌不忙,感觉超好的。

大哥豁耳朵每天负责带领兄弟姐妹出去干活,它们有一片好大的萝卜地,还有一片蘑菇园,兔妈妈每天变着花样给它们忙吃的,同样的萝卜能做出不同的口味,而大家的衣服也都浆洗得干干净净的。捡捡和新认识的小兔子们扛着劳动的工具,唱着歌出去劳动,然后再哼着曲子回家。

可是，捡捡总是会想起曾经的那个家，想起抛弃它的妈妈。

劳动休息的空闲时间，兔子们听捡捡讲它过去的生活。

捡捡告诉它们，在笼子里，兔子们最大的娱乐就是没完没了地打架——为了一块可以舒展四肢的地盘儿，为了一根姿态优美味道独特的胡萝卜，眨眼之间，兄弟变成仇人，母子也互不相认，弱肉强食，直到最后一刻的来临，但那时一切都已经来不及挽回，彼此最后的对视中透露出遗憾和后悔，然而它们没有办法将这些信息传递给下一代的兔子。一代代，兔子们重复着相同的悲剧。

小兔子们无比气愤——

"为什么人类可以随意宰杀我们的同类？难道他们就不能像我们一样，只吃胡萝卜和蘑菇吗？"

"就是呀，太不公平了！要是你妈妈也被杀掉了，你就永远也没有妈妈啦！"

"不行，我们要想办法救救它们！"

"说得容易，人类那么残暴，我们幸亏躲在森林里，要是没有这片森林，我们也早进他们的肚子了！"

"哎呀呀……这可怎么办好呢？眼看秋天就要到了，捡捡，你的妈妈就快被杀掉了！"

……

一片树叶落下来，在它的呼唤下，另一片叶子也跳了下来，掉在捡捡的头上。

捡捡看着那片发黄的叶子，眼睛湿润了。

妈妈，我要救你！

一个月黑风高的晚上，豁耳朵带领大伙儿来到老孟家的院子外面。

豁耳朵要先打开老孟家的院门，把兔子们放进院子里，大家就可以齐心协力撬开笼子上的铁锁，这样捡捡的妈妈和兄弟姐妹们都会得救了。

可是，发生什么事了呢？

豁耳朵刚刚靠近院门，还没有摸到门上的锁，门里面就传来一阵"哐啷哐啷"的巨响，然后，是大狼狗发出的狂叫声，就好比晴天响起了一阵阵的惊雷，吓得豁耳朵差点尿了裤子。

"逃命呀——"豁耳朵喊声没落，就跑得没影儿了，人类形容一个人跑得快会说他跑得"比兔子还快"，那简直是吹牛，这世上比兔子跑得快的人还没有生下来呢！

兔子们也吓得没命地逃进了森林。

营救还没开始就失败了。

"那条狗可厉害了，它是布罗镇的狗老大。"捡捡告诉豁耳朵。

"那你怎么不早说！害得我吓破了心脏。"豁耳朵有些怨怒。

"哈哈，什么叫吓破了心脏？明明是吓破了胆子才对！"一只兔小弟说。

豁耳朵发火了："我说心脏就心脏！不信你摸摸我的心脏，是不是到现在还在怦怦怦地跳？胆子？胆子在哪里？你指给我看看！"

"好了好了，大家都不要吵了，还是商量正事要紧！"另一只兔子妹妹发话了。

捡捡怯怯地说："我有一个主意，不知道好不好。"

"说来听听！"豁耳朵抹了一把脖子上的汗。

"你们认识一个叫阿洛的邮递员吗？"捡捡问。

"听说过，据说是布罗镇最善良的人。"兔妹妹说，"可是，他跟我们有什么关系呢？我们只是听说过他，也没有真正见过，谁知道他是不是真的善良呢？也许，他只是假装善良而已呢？"兔妹妹不无担忧。

捡捡说："阿洛是真正的好人，我很小的时候就认识他了，这一点你们不用担心。"

豁耳朵着急了："别扯远了，快说说阿洛跟营救你妈妈有什么关系？"

捡捡说："他一定愿意帮助我们。"

兔子们吱吱呱呱地开始猜测，阿洛到底可以怎样帮助它们，但最重要的是，到哪里能找到阿洛。

最后，聪明的兔小妹说，既然獾先生和松鼠先生都收到过外面的来信，说明阿洛会去它们两家，只要在去它们家的路上守着，就可以见到阿洛了。

于是，兔子们每天轮流去等候阿洛。

捡捡是第一个等到阿洛的。

阿洛听捡捡讲了事情的经过，有些为难："唉，老孟是不会听我的话乖乖放了兔子们的，而我，也不太可能去偷兔子，这叫我如何是好？"

阿洛跟着捡捡来到了豁耳朵兔子家。

兔子们把阿洛团团围住，好奇地打听这打听那，几只小兔子顽皮地钻进了阿洛的邮包中，它们嗅着里面的信件，说，味道很好呢！

豁耳朵让大家都围坐过来，它亲手给阿洛泡了一杯茶，清香甘甜的味道一下子就让阿洛的心情愉快起来。他问："这是什么茶？"

"这是我们自己种的香草茶，我们还种了很多很多好喝的茶，以后你可以经常来喝的。"兔小妹好像一下子就爱上了阿洛，刚才它在邮包里躺了一会儿，觉得比自己的床还要温暖。

豁耳朵说："好了好了，不要跑题，我们还是来商议正事，喝茶有的是时间。"

大家围坐着，一开始兴致勃勃，提出了几十个方案，可是大家很快就变得垂头丧气，因为几十种方案都被否决了。

最后，在旁边咔吧咔吧偷偷啃着紫萝卜的兔小弟慢悠悠地说:"其实,我们完全可以让老孟主动放了兔子们。"

大家的目光刷地聚到了兔小弟的身上,兔小弟羞涩地扭了一下,生怕被那些期待炙热的目光烤伤了似的,它说:"把耳朵凑过来。"

兔子们的耳朵、阿洛的耳朵,都齐刷刷地凑了过去。

兔小弟刚刚说完自己的办法,就被大家举了起来——兔小弟,你太有才了……

兔小弟钻进了阿洛的邮包,兔小妹又是羡慕又是伤心,它也想跟阿洛一起回去,可是豁耳朵不让,说那样目标太大,容易暴露。

兔小妹眼泪汪汪地目送阿洛离开,它太羡慕兔小弟了。

回到家,阿洛让兔小弟睡到他的床上,可是兔小弟说,它喜欢邮包,胜过喜欢床,说完就发出了呼噜声。

第二天,阿洛背着邮包来到老孟家门前,老孟家的狼狗见到阿洛直摇尾巴。它知道,阿洛一定带了它爱吃的肉骨头。

老孟问:"有我的信吗?"

"没有。"阿洛回答得有些心虚。

"那,你来有什么事情?"老孟不耐烦了。

"来看看你养的兔子,看看它们大了没有。"阿洛嘻嘻笑着,走进门内,径直向兔笼子走去。他悄悄摸了摸邮包里的兔小弟。

阿洛喜欢兔子,这是老孟早就知道的事情,他忙自己的事情去了。

阿洛逗着笼子里的兔子,偷偷看了看老孟,又偷偷看了看狼狗,一切安全。阿洛解开邮包的袋口,把兔小弟放了出来。

兔小弟真不愧是聪明的兔小弟,它冲阿洛眨了眨眼睛,哧溜一下就钻到笼子旁边的角落里隐藏好了。笼子里有几只眼尖的兔子发现了兔小弟,一阵骚动,似乎开始交头接耳说着什么,可惜它们的语言阿洛听不懂。

不过,不要紧,兔小弟能听懂,不光如此,兔小弟还会说人类的语言。捡捡的人语就是兔小弟教会的。

现在,你们大概有点明白兔小弟来干什么了吧?

阿洛站在兔笼前看了一会儿,看着那些兔子挤在一起,养得肥肥胖胖的,等着被宰的样子,真的很可怜。但愿兔小弟的计策能成功。

阿洛每天都找借口去老孟家看兔子,看到兔小弟平安无事,已经跟笼子里的兔子混得很熟了,阿洛的心才安稳下来。

一个星期后,阿洛又走到老孟家门口。这次,他还没有进去,就看到院子里挤满了人,大家对着兔子们指指点点,老孟神情紧张,满院子乱转,好像丢了魂儿一般。

"你知道吗？老孟家的兔子会说话！昨天收购兔子的人来，刚从笼子里揪住一只兔子，那只老兔子就大喝一声——住手！把收购的人吓得半死，再也不敢收购老孟家的兔子啦！"

"你看老孟的样子，也被吓坏了吧！昨天他还不相信自己家的兔子会说话呢，今天早上走到兔笼子跟前，有只小兔子居然跟他说——老孟，早上好！"

"那些兔子真的成了精啊！是杀不得的呀！"

"老孟愁得呀，头发都快白了一半了，辛辛苦苦养了这些兔子，卖不掉，又不敢杀，你说怎么办？"

阿洛听着这些议论，心想：兔小弟还真是一只聪明的兔子啊！

"那些兔子真会说话？我们站这半天了，也没听见它们说一句话呀！"

"会不会是假的呀？"

"喂——老孟，让你家兔子说一句呗！"

老孟把眼睛一瞪："去去去，说什么说！"

老孟看见人群中的阿洛，朝他招招手："阿洛，你来一下。我问你呀，你走过的地方多，你见过会说话的兔子吗？"

阿洛做出惊讶的样子："会说话的兔子？我可没见过。"阿洛长这么大，第一次说谎，他觉得连耳朵都快要着火的感觉，浑身都滚烫滚烫的。

"唉，这可怎么办才好呢？"作为布罗镇的一个富人，老孟平日走路都把腰杆子挺得笔直笔直的，别提多荣耀了，可今天家里竟出了这样的怪事，赚不到钱是小事，名誉毁了可是大事。老孟叹着气，躲进了屋里，把门关上。

人们看了一会儿就各自散去了。那些兔子跟往常没什么两样，吃东西的，睡觉的，趴在笼子里往外瞧的，怎么也看不出它们会说人话。

阿洛轻轻走向笼子，兔妈妈细声说："阿洛，谢谢你来帮我们。"

"兔小弟呢？"阿洛仔细看了看那个藏身的角落，没有看到兔小弟，有些担心。

"我在这里呢！"兔小弟的脑袋从阿洛身后冒了出来。它伸了伸腰，"这些天可累死我了，你说你们学讲人语怎么这么费劲呢？到现在还有四个笨蛋没学会！"兔小弟指指笼子里的兔子们。

那几只被指的兔子沮丧地垂下了脑袋。

阿洛说："你们就快得救了！那些收购的人被吓跑了，老孟正在犹豫呢！"

兔小弟摸摸后脑："让我们来一个更猛一点的吧！"

阿洛正要问，老孟打开门走了出来，他看见了阿洛，问道："你怎么还在这里？"

"你家的兔子真的会说话！"

"怎么？它们跟你也说话了？说什么了？"

"它们说,它们是被施了魔法的兔子!"不知怎的,阿洛又说了一个谎,"它们这么一说,我倒是想起听人说过的一件事,据说谁囚禁被施了魔法的兔子,最后就会遭遇不幸,什么房倒屋塌,家毁人亡,都是有可能的,哎呀,那简直太可怕了,我还是赶紧去送信吧,您也尽快想办法!"

老孟被吓呆了,难道真有这样的事?不过,自从昨天兔子开口说话之后,好像家里就开始不太平了:首先,自己的老太婆把好端端的一锅饭煮煳了,全家饿着肚子睡的觉;然后,夜里他饿得睡不着,起来找吃的东西,黑暗中一脚踢飞了放在床边的板凳,板凳飞起来不偏不倚砸中了旁边矮桌上的瓷壶,瓷壶摔碎了;早晨,老孟的儿子小小孟一脚踩到了一个瓷壶碎片,脚底破了,流了一地的鲜血,把全家都吓坏了……

老孟不知道说什么是好,天,照这样下去不会真的遭殃吧!他想拉住阿洛,请他好好说清楚到底是怎么回事,可阿洛挣脱了他的手,很快就跑得没影了。

阿洛怎么能不跑呢?他也快被自己的谎话吓坏了。他不知道老孟家发生了这么多巧合的事情。

老孟正在发愣呢,笼子里的兔子忽然一起叫了起来:"魔法!魔法!魔法……"声音越来越响,那条凶狠的狼狗不禁缩成了一团,瑟瑟发抖……

"不要叫了!我会放了你们,求求你们了——"老孟快哭了。

老孟一分钟都不敢耽搁了,他打开笼子,兔子们潮水般涌了出去,在兔小弟的带领下,大家沿着小路,一直跑向森林的深处……

一个星期后,阿洛来到老孟家,他看到老孟坐在大门口,白发更多了,作为布罗镇最有钱的人之一,老孟的脸上全是无望。

"阿洛,有事吗?"老孟有气无力。

"有您的包裹!"阿洛从邮包里掏出一个包裹递给老孟。

老孟懒得多看一眼,把邮包搁在身边,继续发呆。

"看看吧,上面好像写了什么东西。"阿洛指指包裹上面。

老孟漫不经心地念道:"请把这些种子种下地,来年会给你更多的财富。——魔法兔子敬上"

老孟像被火烧到屁股一般,跳了起来:"魔法兔子!魔法兔子?"

阿洛笑道:"孟叔叔,您放了那些魔法兔子,或许是它们报答您来了,反正闲着也是闲着,您不妨试试看?"

"试试?"老孟动心了。

他打开包裹,里面是一袋彩色的种子,散发出奇异的香味。老孟看了一眼,立刻就喜欢上它们了:"不会是施了魔法的种子吧!"

"谁知道呢?试了才知道吧!"阿洛笑着走开了。

一个月过去了,布罗镇飘散出奇异的香味,在那些香味里,蝴蝶们跳起了舞蹈,蜜蜂们唱起了歌儿,男人们不再大吼大叫,女人们也变得更加温柔……

那些香味来自老孟家的土地,地里是成片成片的花草,白的、黄的、紫的、粉的……像天空中五彩斑斓的云霞,无论谁看了都会被迷住。若是摘上几片花瓣和叶子泡一杯茶,那就更加神清气爽了。

很快,香气熏得整个布罗镇都香喷喷的了,香气也盖住了残留在老孟家的兔子的气味,被那些香气吸引来的茶叶贩子,一个个争先恐后地出高价收购老孟家的花草,说回去要酿造出世界上最好喝的花草茶花草酒花草饮料花草补品……反正不管干什么,都一定会是最香最甜的。

老孟笑得嘴都合不拢了。不过,他对那些茶叶贩子说,他要给布罗镇所有的居民都分发一份花草,剩下的才能卖给他们。

瘸腿雪狐

冬天来得可真快!

一个晚上,大雪就让布罗镇彻底变了样。道路消失了,田野被覆盖了,美的房子丑的房子,都成了冰雕玉琢的宫殿。

这样的天气出门送信可不是件好差事。

邮局里的邮递员们叹着气——

"唉,就怕这样的鬼日子,难道我们就不能歇一天吗?"

"这白雪下面什么都有,说不定踩下去就是一脚牛粪呢!"

"踩了牛粪倒没什么,去年我居然踩上了一把剪刀,戳破了我的脚不说,刚买的胶鞋也破了个大口子,再也没法穿了,那双鞋,可花了我不少钱呢!"

"看样子,雪好像一时半会儿也停不了呢,再不走积雪就更厚了,恐怕到晚饭时也送不完。"

阿洛当邮递员后第一次遇上这样的天气,倒是充满了好奇。他几乎是有些迫不及待地出发了。一脚踩下去,一个深坑,拔出脚,带起一片积雪。前面全是雪,看不见路,眼睛在这样的情况下发挥不了太大的作用,走路靠的是感觉和勇气。好在阿洛不怕,他已经很熟悉布罗镇的每一条大街小巷了,闭上眼睛也不会掉到水沟里去。

这样的天气,森林里的朋友们会怎么样?阿洛有些担心。

送完信后,看天色还早,阿洛决定去森林看看。

刚入森林,阿洛便被一阵凄惨的叫声吓住了,在那叫声里,树梢上的雪簌簌地落了下来。

阿洛看到了一片刺眼的红色,是血!

哪里来的血?

细细一看,血是从一只狐狸腿上流出来的。那是一只怎样的狐狸啊!浑身雪白,没有一丝杂色的毛,不注意看就是一堆白雪。只见它的一条前腿被铁夹子夹住了,不停地渗出鲜血,染红了身边的白雪。

阿洛走过去说:"我来救你,你不要着急。"

雪狐呻吟着说:"不要!"

阿洛缩回了手。为什么?

雪狐什么也不说，它只是把眼睛睁得大大的，即使是被白雪映照着，也能看出它眼中像雾一样凄迷的目光。

"不要，不要管我，就让我这样待下去。"雪狐的呻吟声渐渐微弱起来。

"为什么？"阿洛焦急地问。

"你不要管我，快走吧！"

"你不愿走，有什么苦衷呢？"阿洛心疼极了，雪狐腿上的血还在往外渗。

雪狐把头搁在腿边，闭上了眼睛，不肯再说话，似乎在尽全力忍受着疼痛，没有多余的力气再说话了。

没有办法，阿洛只能另外想办法。

阿洛敲开松鼠先生的门。

松鼠听说雪狐的事情后，二话不说，带上药箱，赶到雪狐身边。

雪狐还趴在那里，一动不动。阿洛叫它，不醒；松鼠推它，也没动。

死了吗？

阿洛把手伸到雪狐的鼻孔下探了探，还好，有呼吸。

阿洛砸开了铁夹子，把雪狐的伤腿取出来，松鼠先生为雪狐的伤口上了药，包扎起来。

好半天，雪狐睁开了眼睛。它看了一眼阿洛和松鼠，再看看自己的伤腿，忽然睁大了眼睛，生气地说道："你们赶快走!不要管我!"

"为什么?"松鼠比雪狐更生气,"我冒着大雪,深一脚,浅一脚,才来到这里,还提着这么个大药箱,要知道,大冷天的,我可从来都不出来的,要不是阿洛差点把我的门敲破,要不是阿洛说你快要死了,我才不会自找罪受呢!你居然赶我走,哼,太过分了!"

松鼠用手搓了搓自己的脸,又跺了跺冻麻木的脚,拎起它的大药箱,吃力地离开了。

阿洛说:"你还是赶紧走吧!放这个铁夹子的人一定会找来的,到时候你想走也走不掉了!"

雪狐的眼睛蒙上了比雾更浓的一层水光,它幽幽地叹息着:"正因为他会找我,我才不能走。"

阿洛更糊涂了,这是什么意思?难道这只雪狐是傻子吗?

雪狐把腿上包扎的布扯掉,重新把腿放进了夹子里,再次趴下。

阿洛简直是无话可说了,莫名其妙的家伙,不是傻子就是疯子。

再也受不了了!做件好事这么难!

天色快黑了,再不回家采弥该着急了。

"总之,总之你还是快些走吧!"阿洛闷闷地说,"反正你自己看着办吧!"

阿洛走出森林,不知怎么的,觉得两条腿像被淋湿了的抹布，又沉又软，每一次从积雪中拔出来时都无比艰难。

路上没有行人。是呀，这样的天气，没有特别重要的事情，谁会出来呢？

可是，那只雪狐为什么死也不愿意逃走？

还有，到底是谁在森林里放了铁夹子？他是想抓雪狐还是想抓谁？森林里还有其他的夹子吗？还会有其他的动物被夹住吗？

边走边想，阿洛停下了。不能回去，就算回去了，也会担心得一夜都睡不着的。

现在，最要紧的是把那只傻乎乎的雪狐弄走。这么冷的夜，雪还在下，就算没人来捉它，它自己也会冻死的。

可是，阿洛看到了什么？

没有雪狐。什么也没有！

雪狐不见了，只留下隐隐约约的血迹，被不停落下的雪覆盖得差不多了。铁夹子还在原地。

雪狐被抓走了！

阿洛懊丧得想把自己撞晕。要是刚才不那么轻易放弃就好了！

雪还在下。森林渐渐陷入了完全的黑暗，要不是有白雪的映照，简直比闭上眼睛还要黑。

躺在床上,听着积雪从高处落下的声音,阿洛眼前不知不觉浮现出雪狐那楚楚可怜的眼神,还有雪地上刺眼的血迹。

雪狐到底去哪里了?真的被铁夹子的主人抓去了吗?

多希望它还好好活在哪里啊,雪狐你这个笨蛋呀!

蒙眬中,阿洛起床,开门,踏着积雪,往森林走去……

起风了,风卷起了地上的雪,雪变成了空中的风,阿洛也被带离了地面,飞到森林上空。

阿洛低头一看,林中是什么?

松鼠先生、獾先生、熊、兔子一家……大家都被铁夹子夹住了,鲜血淋淋,拼命挣扎,发出凄惨的叫声,林中变成了人间地狱。

"救命啊——阿洛救我——"

"救救我们呀——谁来救我们呀——"

……

那些铁夹子,那些鲜血,怎么那么眼熟呢?对了,雪狐呢?雪狐逃去哪里了?怎么都变成这个样子了呢?怎么办好呢?

阿洛想要落下去,他使劲摆动着双腿。风太大了,阿洛的摆动只会让他越升越高。随着又一阵夹着暴雪的飓风,阿洛被带离了森林上空。动物们的影子越来越淡,它们的呼救也越来越模糊了。

不见了，不见了，只有漫天的风雪……

"救救大家！谁来救救大家？救命啊——"阿洛拼尽了力气呼救，拼尽了力气挣扎，地动山摇，天昏地暗……

醒了！原来是一个梦。幸好是个梦！

阿洛睁开眼，自己还在床上，被子衣服都被踢到了地上。全身一片冰凉。

阿洛走进邮局。

邮局里很冷清。果桑说，大雪封住了进出布罗镇的道路，这两天都休息。

阿洛有些失望。每天背着邮包，用脚步丈量着一条条大路一条条小路，已经变成一种乐趣。这样的雪天，没有信可送，又该干什么呢？

果桑叫住了阿洛："阿洛，你见过雪狐吗？"

"雪狐？"

"对，就是那种全身都白白的，没有一丝杂毛的雪狐。"果桑显得很兴奋。

"你怎么突然问起这个？"

果桑说："十年前，也是这样的大雪天，布罗镇来过一只雪狐，那只雪狐公然在布罗镇街道上行走，引得人们都出来看它。连续几天，那只雪狐白天都出现在布罗镇，天黑了就钻进森林里去。一开始人们很好奇，没有

人敢碰它，后来有人说，它的皮毛价值连城，因为雪狐是非常少见的，只有在极其寒冷的地方它们才能生活。于是，猎人泽多拿起了猎枪，那只雪狐一枪毙命。大家都很羡慕，说泽多发财了。可是第二天，泽多带着没能卖出去的雪狐皮回来了，原来他一枪正打在雪狐的身体上，有洞的皮子就变得一文不值了。泽多气疯了，他把皮子做成一顶帽子，一到下雪天就戴在头顶上。尽管那皮帽子上有个不小的洞，但看得出挺暖和的。阿洛，那个时候你家还没搬到布罗镇呢，而十年来也只下过一次雪，还是那种很小很小的雪，泽多也没机会戴他的皮帽子。像今天这样的大雪，泽多该乐坏了吧！你可以去看看他的皮帽子，那可是雪狐的皮子呀！"

阿洛不禁出了神，泽多的事他只听说过一点，那就是泽多因为打死了不该打死的东西，只要一拿起猎枪，手就抖得像风中的纸片，有好几次瞄准的明明是猎物，射出去的子弹却弹到了石头上。

泽多打死的那只雪狐跟那只被夹子夹住的雪狐有什么关系呢？

那铁夹子是泽多安的吗？

推开泽多家的院门，阿洛惊呆了！
泽多家院子里血迹斑斑，遍地狼藉，一定又是泽多杀死了雪狐！

"泽多！泽多！"阿洛连喊几声，没有人答应。

阿洛悄悄走进去，推开屋门，寻找被杀死的雪狐。可是找遍了整个屋子，也没有发现雪狐的踪影。难道泽多已经把雪狐卖了吗？

阿洛正在疑惑的时候，走进来一个人，正是泽多。

"阿洛，这么大的雪，还有我的信吗？"泽多笑容满面地问阿洛。

"不是不是。"阿洛有些结舌，"泽多，我想问问你，那只雪狐是你抓来了吗？"

"雪狐？"泽多似乎变了脸色，"不要跟我提这个名字！我可是被害惨了！你看看我的头！自从杀了那只雪狐，下雪天我就没遇过好事。八年前的雪天，我摔断了胳膊，五年前的雪天，我摔折了左腿。这不，今天我想去菜地里拔几颗白菜，一下子磕破了脑袋，看看地上我的血呀！"

原来地上的血是泽多自己的。看他头上缠着的纱布上渗出的血迹，不像是说谎。

泽多一边把阿洛往外推，一边说："走吧走吧，我这辈子，下辈子，下下辈子都不想再看到雪狐了！它是我的克星！"

阿洛说："我想看看你的皮帽子。"

泽多钻进屋里，很快扔出一顶白色的毛帽子："拿去吧，我正不知道怎么处理它呢！记住了，谁戴谁倒霉，到时候你可不要来怪我！"

阿洛接过帽子，头也不回地走了。

阿洛又钻进了森林，他来到雪狐被夹住的地方，一夜的大雪把前一天所有的痕迹都遮住了，只有雪，刺眼的白雪。

"雪狐——雪狐——你去哪里了？"四周一片寂静，阿洛也不敢大声叫喊。

等了片刻，没有动静，阿洛绝望了。

就在阿洛即将离开的时候，身后传来轻轻的一声："阿洛，不要叫。"

原来是一只土拨鼠，正站得笔直地看着阿洛。它的眼睛黑漆漆的，被白雪映照得格外亮。

土拨鼠示意阿洛不要出声，它指指自己的身后，让阿洛跟它走。

阿洛犹疑地跟着它，转过几棵树，在一簇野蔷薇边，土拨鼠带阿洛进入它在地下的家。

土拨鼠的家里很暖和，地上铺了不少干草，显得很干燥很清爽。在土拨鼠的房间，阿洛看见了正昏睡着的雪狐。

土拨鼠有些小小的得意，它说："我给它喂了既补营养又安神的药，这样睡个两三天，等它清醒过来的时候伤也好得差不多了。"

阿洛看了看雪狐的腿，伤口已经结了痂，土拨鼠说给它上了自制的药,很管用。

土拨鼠给阿洛泡了茶,说:"我活了大半辈子,从来没见到过这样的狐狸,怎么会美得这么耀眼呢?"

阿洛告诉土拨鼠,十年前曾经有另外一只雪狐来过,可是再也没有能回去。

土拨鼠听了,心痛地说:"这只雪狐不能让它再遭受同样的命运了。"

"是啊,可是,它到底为什么死活也要守在铁夹子旁边不肯逃走呢?它难道有什么苦衷吗?"阿洛从怀中摸出那顶雪狐皮帽子,"土拨鼠,拜托你了,等它醒来,就把这顶帽子交给它,告诉它十年前那只雪狐的悲惨遭遇,让它尽快离开这里。"

"放心吧,我会交给它的。"

土拨鼠把阿洛送出去,关上门,一边收拾屋子一边哼着它最喜欢的歌:"为了生活,我不停地打洞,打洞,打洞,一个又一个。来我洞中的朋友啊,请一起唱歌跳舞……"

阿洛刚到家,泽多便来了。

"阿洛啊,我思来想去,觉得还是应该跟你说一声,那顶帽子,你还是还给我吧!"

"怎么啦?"

泽多显出一丝难为情:"其实,那顶帽子是普通的兔皮帽子,不是雪狐的皮。"

"那雪狐的皮呢?"

"别提了,我怎么会这么倒霉呢!"泽多压低声音,生怕别人偷听到似的,"我只告诉你一个,你可别跟旁人说。"

阿洛点头同意。

泽多说:"那天,我扛着那只死了的雪狐走了一天的路,又累又饿,回到家后我就把它扔在厨房的地上。本来我想等第二天再给它剥皮,可是第二天早上,我起来到厨房一看,你知道发生什么事了?"

阿洛瞪大了眼睛:"什么事?"

"那只雪狐不见了!你说怪不怪,一只死了的雪狐说不见就不见了!"泽多似乎依然心有余悸,"起先我以为是被哪个贼偷去了,可细细查看后,我发现了一道血迹,从厨房一直延伸出去,越来越淡,直到森林边上消失了。我断定,那只雪狐没有死,或者说,没有死透,它趁我睡着,醒来后,逃了。我怎么就没有发现它还活着呢?受了那么严重的伤,居然活着跑了,真是太怪了。我觉得蹊跷,又不好说什么,怕人家笑话,于是只好偷偷找了一张兔皮做了顶帽子。"

阿洛听了,不知是惊讶还是惊喜。太好了,那只雪狐没有死!

可是,那顶已经送出去的帽子,还得再拿回来才是呀!

阿洛对泽多说:"那顶帽子我忘在邮局了,恐怕要到明天才能拿给你。"

泽多说:"晚一些也没关系,不过你不要把这事告诉别人,我知道你是个好孩子,就这么说定了啊!"

第二天,阿洛急急地送完了所有的邮件后,赶往土拨鼠家。

可是,敲了老半天的门,也没人来开。

难道发生什么意外了?

阿洛异常焦急,他恨不得要破门而入,于是用拳头使劲砸着门。

"哎哟!"腿上一阵刺痛。阿洛低头一看,一只刺猬睡眼惺忪地仰头看他,满脸怒气:"这么扰人睡觉,你不觉得失礼吗?"

"不好意思,我要找土拨鼠,你知道它去哪儿了吗?"

刺猬嗅了嗅鼻子,似乎要判断一下阿洛的好人身份:"大名鼎鼎的土拨鼠,你不了解它吗?它从来都不走寻常路的!别人工作它睡觉,别人休息它打洞,有事没事出去旅游,要问它在何处,要么出门旅游去了,要么打洞从另一个门出去旅游去了。作为邻居,我很想与'邻'为善,可是不行啊,实在让人头痛至极啊!头痛啊头痛……"

刺猬边叨叨边钻回自己的窝去了。

唉,阿洛一屁股坐在雪地上,早点来就好了。

不一会儿,腿上又是一阵刺痛。

还是那只刺猬。阿洛也有些恼了:"你干吗总是扎我,好好说话不行吗?"

刺猬反倒笑了:"嘻嘻,既然你生气,我就不说了!"

"快说快说,我没有生气,只是有点着急而已。"阿洛忙解释。

刺猬说:"土拨鼠的家门可不止这一个,它总是睡一天换一个屋子,它这辈子就忙着打扫屋子,换屋子睡觉了,你说这样累死累活的有什么意思呢?"

阿洛虽没有闲心听它发牢骚,可还是装出很感兴趣的样子,他生怕刺猬一生气又钻回去了。

终于,刺猬总算发完牢骚了,它爬上旁边的一个雪堆,指出土拨鼠另外三个家门的方向,并详细地告诉阿洛门口的标记。

阿洛顺利找到了土拨鼠的第二个家门、第三个家门,敲到第四个家门的时候,土拨鼠果然从里面出来了。

它遗憾地告诉阿洛,雪狐夜间醒过来,吃过早饭后就离开了。

雪狐带走了帽子。

土拨鼠说,雪狐告诉它,十年前死去的雪狐是这只雪狐的母亲,它的母亲厌倦了自己生活的地方,说那里除了冰雪还是冰雪,因此母亲离家出走了。为了找到母亲,这只雪狐不惜被铁夹子困住,它以为,想抓它的人一定也是抓走它母亲的人。可是,它找到的母亲却变成了一顶帽子。雪狐伤心欲绝,却不愿意再留下了,它拖着虚弱的身体离开了,并说再也不会来这个伤心之地了。

阿洛沉思着,这样也好,至少这只雪狐不会一次次把自己陷入危险的境地了。

不过,雪狐的母亲还会回家吗?或许有一天,它会厌倦在外流浪的日子吧,那时候,雪狐就有希望见到自己的母亲了。

但愿吧!

阿洛慢慢地往回走。

回首望望森林,天边的一朵云飘着飘着,被一棵树钩住了,云挣扎不开,一片一片碎了。

有小雨飘落,混着融化的雪水,向着迎面走来的春天流去……

给我一个拥抱

那是个阴天,森林里吹来一阵冰凉的风,仿佛所有树木约好了一起呼出寒气似的。

阿洛背着瘪瘪的邮包,里面只剩一封信,是獾先生的。阿洛见写信人的地址,是隔了一座山、一条河,和另一片大森林的另一个遥远的镇子,是曾经住在獾先生家的客人写来的。

獾先生再也不会孤单了,陆陆续续的信从四面八方寄来,这可帮了阿洛的大忙,他可以不用再给獾写信了。每当送这些信的时候,阿洛就特别开心。

今天也是。

他哼哼唱唱,向獾家里走去。

"嗨,阿洛。"

"谁?"

"我,你转头,再低头。"

阿洛转头,再低头,见到了身后一簇灌木边的刺猬,是住在土拨鼠家旁边的那只刺猬。

"有事吗?"阿洛有些奇怪。

"没事。没事就不能跟你说说话吗?"

"说话?可以呀!"阿洛说,"你说吧,我这会儿不忙。"

"其实,也没什么好说的。"刺猬犹豫了一下,慢吞吞地钻进了灌木丛。

一只奇怪的刺猬。

獾先生盛情款待阿洛。葡萄酒、果酱面包、烤肠,好像全天下的美味都集中到这里来了,阿洛惊讶得眼睛都瞪圆了。

獾先生大方地说:"不要客气,尽管吃啊,我储藏室里还多着呢!"

最近,獾先生收到了在他家借住过的客人寄来的各种美食,感谢它曾经提供的温暖的房间和床铺,还有獾先生动听的故事。东西越来越多,獾先生不得不另挖了一个储藏室。

阿洛想起来了,的确,他已经送过不知多少次包裹给獾先生了,原来里面都是美食呢!

阿洛的肚子鼓鼓囊囊,撑得快爆了,头也是晕晕乎乎的，两脚轻飘飘，身子仿佛要飞起来了。

阿洛有些醉了。

他告别了獾先生，脚步踉跄地往回走。

还没走出森林，阿洛眼皮就牢牢地粘在一起了，太困了。阿洛眼前一黑，腿一软，就倒在了林子里。

寒风一阵紧过一阵，发出鬼哭狼嚎的声音。

阿洛沉沉睡去，全然不知。

仿佛做了一个梦，阿洛忽然惊醒过来，他缩了缩身子，往被子里温暖的地方钻了钻。

被子？被子！

天上的一轮月亮清晰可见，身上怎么会有一床被子？到底睡在哪里？阿洛跳了起来！

这是森林。尽管月光很大方地照着森林，黑暗还是占据了绝大部分地方。阿洛想起来了，昨天他喝醉了，睡倒在林子里。天，好冷的天。风是硬邦邦的，月光也是冰凉凉的，自己居然没有被冻死！

多亏了身上的棉被。哪里来的棉被？是谁帮自己盖的棉被？难道有人来过？不可能，绝对不可能！

阿洛百思不得其解。不过实在是冷，他用棉被裹住了自己，四处看看，没有人影。

阿洛揉揉脑袋，慢慢走出林子。

一床很好看的被子。

阿洛把被子晾在外面晒。阳光下,被子上手工绣成的彩霞像真的一样,很精美。这样的被子,阿洛从没见布罗镇谁家有过。

采弥走过被子旁的时候,如见了鬼一样,停住了脚步,呆住了。

"阿洛!这被子哪来的?"采弥惊呼着。

"我也不知道,醒过来才发现盖在我身上。"

采弥脸上都失去了血色:"天哪天哪!大白天真是见鬼了!"

阿洛从没见过采弥这个样子。

"这被子有什么蹊跷?"阿洛问采弥。

采弥说:"不对呀!不可能呀!他们家早就没人在了,连一根草都没留下的人家,怎么会留下这么好的一床被子呢?不对不对。"

阿洛不由得更好奇了,他问采弥到底怎么回事。

采弥指着被子上绣的花纹说:"这种花纹,只有镇子上有名的绣坊'云裳'家的人才能绣得出来。可是,'云裳'早在二十年前就没了,这被子哪来的呢?"

"那还不明白?大概是以前谁家找他们绣的吧!"

"不不不,'云裳'是帮人家绣过很多东西,但这花纹是他们绣坊的标志,只有他们家自己才有,外人没有,就连他们家闺女出嫁的被子上也不会绣这种花纹的。"

"'云裳'绣坊怎么会没了呢?"

"说来话长啊,那年,不知道什么原因,绣坊被一场突如其来的大火烧掉了,绣坊的一家都被烧死了,那些精美的绣品化为灰烬,高超的手艺也没能传下来。"

采弥既惋惜又伤感。

阿洛的后背开始出汗,真的是见鬼了?

那床被子在冷风中晃荡着,上面的花纹也颤动着,活了一样。

阿洛根据模糊的记忆找到了前一晚睡着的地方。没有任何异常,只有树叶在风中轻轻地晃动,发出窃窃私语声。

阿洛解下背在背上的被子,放到路边。他细心地在被子下垫上了厚厚的树叶和几根树枝,生怕地上的潮气湿了被子。

阿洛慢慢往回走,远远地隐身于一棵树后。

他的目光没有离开那床被子。

一会儿,被子旁边的草丛有了动静,一只刺猬从里面走出来。

是见过两次的刺猬!阿洛认出了它的样子。

只见刺猬向阿洛走远的方向看了看,似乎是确定阿洛已经走了,它弓起身子,把被子顶在背上,很快,被子就动了起来,离开了小路,远看就像被子长了腿自己在行走一般。

是刺猬的被子?

刺猬从哪里得到的被子？

好奇心驱使着阿洛的心和双腿，不由得跟着刺猬往林子深处走去。

刺猬会去哪里？

只见那床被子继续移动着，每走一段路就会停下来一会儿，估计是刺猬累着了需要喘口气。被子停下来，阿洛也停下来，并迅速隐身。

好了，现在刺猬终于到达目的地了，正是阿洛去过的地方，土拨鼠的邻居——刺猬自己的家。

刺猬大摇大摆地把被子运进了家门，随后把门关上了。阿洛想，看来给自己盖被子的是刺猬！

阿洛在外面边敲门边喊："刺猬先生，刺猬先生，请您开门！"

"谁呀？"刺猬的声音显得慵懒，好像刚睡醒。

打开门一看，刺猬在揉着眼睛，仿佛真是刚刚睡醒的样子。

"刺猬先生，谢谢你给我的帮助。"

"什么意思？帮助？我帮助你什么了？"

阿洛说："昨天晚上，你给我盖的被子，不是吗？"

"被子？什么被子？"刺猬瞪着一双眼睛，似乎很惊讶，又很无辜，似乎帮助阿洛是一件见不得人的事。

阿洛问："你不是刚把那条被子背进去吗？那条绣着好看的花纹的被子。"

刺猬受到惊吓一般，它把门猛地一关，说："没有被子，我没有被子！"门一下子夹到了阿洛的脚。

阿洛连退两步，门在他眼前关上了。

他不知道门后面的刺猬是什么神情。他只是很疑惑，刺猬为什么这么恐慌？

"刺猬先生，我只是想表示感谢，没有别的意思！"阿洛在门外高声喊道。

"喊什么喊！别烦我了！走！"刺猬咆哮的声音通过门缝传出来依然威力不减。

没办法，阿洛扫兴地离开了，走了两步，这才觉得被夹的那只脚有些痛。

阿洛追着采弥打听"云裳"绣坊的事。

采弥其实也不太清楚，她说"云裳"绣坊是布罗镇最神秘的一个地方，人们可以送东西去给他们绣，"云裳"都会在承诺的时间内交货，但是从来没有人见到他们绣的过程。日子长了，有人说，"云裳"里的绣工不是神仙就是鬼怪，所以才不敢出来见人。

采弥说，"云裳"里的人平常也不怎么跟布罗镇的人打交道，走在路上见到人也像没见到一样。镇上有人主动跟他们打招呼，他们连眼皮子都不撩一下，如同没看见，让打招呼的人觉得自己低微得都想钻到地底下去了。

后来，"云裳"失火，房子什么全烧光了，据说里面的人也都被烧死了。

阿洛越听越纳闷，那只刺猬跟"云裳"到底有什么关系呢？

"物以类聚，人以群分"。布罗镇的人各有各的脾气，森林里的动物们也各有各的性格，有的喜欢在林子里溜达，有的喜欢窝在家里连门儿都不串。

刺猬就是那种不愿意出门的。

阿洛给刺猬送过各种果子，可刺猬从来也没拿进去过，果子在刺猬家门口快堆成小山了。

一天，阿洛从门缝里塞进去一封信，他在信纸上画了两个在相互拥抱的人，一个是阿洛自己，另一个是刺猬先生。

他在门外等待着，把耳朵贴在门上听着，没有什么动静。

过了两天，阿洛发现，刺猬门前的那些果子都消失了，不过门还是关着。

又过了两天，刺猬的门开了。刺猬出来跟阿洛打招呼，它说："谢谢你送来的果子，阿洛。"

阿洛不太敢跟刺猬提被子的事，可他的心里装满了关于被子的疑问，所以阿洛不知道该说什么好，他只是笑了笑。

刺猬也露出一丝微笑。阿洛第一次见到刺猬笑。

阿洛说:"我今天是来送信给松鼠先生。特沃先生一直给松鼠先生写信,可想得到松鼠先生的回信好像并不那么容易。"阿洛也不知道自己为什么突然跟刺猬说起松鼠的事,应该属于没话找话吧!

"有些事,不是那么容易改变的,错过了那个时间,也许就错过了。"刺猬的语气很是深沉。

阿洛没听懂,但觉得很有道理,不禁呆住了。

他说:"好了,我走了。"

"阿洛,你给我写的信,我很喜欢。"刺猬在阿洛身后说,"其实我认识字,你们人类的字我都认识。"

什么?刺猬认识人类的字?

阿洛想问个明白,可刺猬已经走进屋子,关上了门。

阿洛给刺猬的第二封信是用文字写成的。

阿洛很认真地写了那封信,有几个不好看的字被他擦掉重写了好几遍。

"刺猬先生,你能告诉我那条被子的来历吗?我真的很想知道。我保证会保守你的任何秘密!"阿洛的好奇心一天不得到满足便一天不能安心,这段日子,他几乎是吃饭不香,睡觉不安。

阿洛没想到会收到刺猬的回信,这是他这辈子收到的第一封信!

信是写在一张很好看的纸上的。阿洛见过很多信纸,可像刺猬先生用的这种信纸还是第一回见到——淡淡的木纹色,边框上有浅浅的云彩缭绕,纸张光滑而有韧性,还散发出好闻的清香味。

刺猬写的字相当漂亮,比阿洛的字漂亮一百倍都不止。

阿洛把这封信当成宝贝,小心地收藏在邮包里面。

信上只有一句话:"这个月的月圆之夜,请布罗镇邮递员阿洛先生到家一叙。"

月圆之夜。阿洛算了一下,就是后天晚上!

月圆之夜的森林也与平日不同。

月光像被清水洗过,每一棵树在地面都投射出不同的树影,比起太阳留下的影子,显得清凉淡雅。

刺猬家的门开着。

阿洛走进刺猬的家,好大,好整洁的家。无论是松鼠,还是獾和土拨鼠,它们的家里都有一股动物特有的腥味,可刺猬家弥漫着一种木质的清香。

一张厚厚的木板桌上,摆着丰盛的晚餐。刺猬给阿洛斟满酒,阿洛连连摇手说不会,刺猬说:"上次你是在獾家里喝醉的吧?"

阿洛脸红了,说:"上次喝了几杯,可最后醉得睡在路上了,要不是你,我可能已经被冻死了。我以后不会再喝酒了。"

刺猬端起酒杯:"今晚,就陪我喝一杯吧!我不会让你喝醉的。"

刺猬的样子看上去有些伤感。阿洛不忍拒绝。

刺猬喝下一杯酒,凝视着窗外的月亮:"这样的月亮,真美啊!"

阿洛跟着它一起看,看着看着,月亮动了起来,它在眨眼,在摇晃,在轻轻地歌唱。

不知不觉,阿洛连续喝了好几杯酒,眼前蒙眬起来,不过阿洛没有忘记问刺猬:"刺猬先生,你帮我盖的那床被子,是'云裳'的吗?"

"云裳,云裳,云裳……"刺猬喃喃自语。

"'云裳'绣坊。"阿洛充满期待地看着刺猬。

刺猬沉浸在梦境中一样:"'云裳'绣坊,成捆的丝线,金色的,银色的,绿色的,紫色的,一针针,一线线,绣啊,绣啊……"

"然后呢?"阿洛的头又开始晕了。

"然后,有一天,一个人走进'云裳',拿出一捆金线,他让我绣出一个最真诚的微笑,说要是成功了,他就会给'云裳'一大笔钱,从此我们再也不用整天在灯下刺绣,让手上长满老茧了。我点上灯,没日没夜地绣着,绣好了一个,可是那笑容,看上去很假。我重新绣,可是还是很假。我绣了一次又一次,怎么也绣不好。我不知道自己为什么绣不好一个简单的微笑。天下没有我绣不了的东西,花鸟鱼虫,毒蛇猛兽,我绣什么像什么。可是,我绣不了一个微笑。其实,我不是绣不了,我只是不知道什么是真诚的微笑。我真的不知道,从我懂事起,我就埋头学刺绣,绣坏了就会招来一顿毒打。我没有见过最真诚的微笑,我也没有给过谁最真诚的微笑,我的心里没有微笑,我怎么能绣得出微笑呢……"

刺猬对着月亮,喝着酒,说着话,像是说给月亮听,又像是说给自己听。

阿洛也像坠入了梦里。

刺猬继续说:"那也是一个月圆之夜,我已经五天五夜没有合眼了,第二天那个人就要来拿'最真诚的微笑',我必须要绣出来,我眼前一阵一阵地闪着金光,那是月光和灯光,那是金线的光?不是,都不是,那是一大堆金子啊!要是绣成了,金子就是我的了,这辈子我都可以不再刺绣了,我要成功,我要得到金子……"

刺猬顿住了,好久好久,才艰难地说道:"可是,我太累了,我不知道什么时候睡过去了,等我醒过来时,已经被大火包围了。我挣扎着跑出火海,大声呼救,可是我听不见自己的声音,只能眼睁睁地看着大火把'云裳'一点点地吞噬。是我惹的祸,我碰翻了身边的油灯……"

阿洛目瞪口呆。刺猬先生,不是刺猬,是人!

刺猬看穿了阿洛的心思:"是啊,我是人,跟你一样的人。可是,我站在'云裳'的一片灰烬前,见到布罗镇上来救火的人时,我发现了自己的变化,我在人们的脚边,被踢翻了一次又一次……我找到一口水井,趴在井口,我见到了什么?我见到了一只刺猬!我差点掉进井里。我变成了一只刺猬!一只刺猬!"

刺猬说:"我在井里看到了天上的那一轮月亮,它在笑,它在笑!可是它的笑是嘲笑!这时,我听到身边有人在说话,是那个承诺给我一大笔钱的人。他说,你要是还想变成人类,必须在三年内得到一个人类最真诚的拥抱。"

阿洛问:"真的?"

刺猬点点头:"我作为人的时候从来没有跟谁拥抱过,作为一只刺猬,有谁来拥抱我?"

刺猬话音刚落,阿洛就抱住了刺猬。

刺猬的刺扎疼了阿洛的手臂和脸,阿洛却没有松开,他紧紧地抱着刺猬。

他期待刺猬重新变成人类。

可是,月光依旧,刺猬也依旧是刺猬。

什么都没有发生。

刺猬的眼中一片闪亮,是泪水在月光中的光亮。刺猬轻轻推开阿洛,说:"晚了,三年早过了,要是我早些认识你就好了,阿洛。"

阿洛点点头,想安慰刺猬却找不到话。

刺猬说:"阿洛,我会永远记住你这个拥抱的!"

阿洛觉得自己又醉了。他想,要赶快回家才对,否则又该睡倒在路边了。

这时,刺猬已经铺好了床铺,那床绣着彩霞的被子铺得平平展展的,它说:"阿洛,这床被子是我在这里绣成的,以前拿手艺挣钱的时候,总是背着别人绣啊绣啊,生怕被别人把手艺学了去,绣东西的时候真是痛苦啊!现在呢,什么都不想,每一针都绣得开开心心的。我觉得我现在能够绣出'最真诚的微笑'了。阿洛,睡一觉再走吧!"

阿洛躺在刺猬的床上,盖上那条被子,觉得是睡到了云彩里,软软的,暖暖的,轻飘飘的……

魔法师老鼠

和刺猬熟识之后,阿洛知道了一些以前不知道的秘密。

森林中还居住着很多的"人类",虽然他们因为这样那样的原因改变了外形,可他们依然还有人类的内心。

阿洛不禁怀疑起来,松鼠是人类吗?獾是吗?以前见过的很多动物,到底有多少曾经是人类?

刺猬说,他也不知道到底有多少人是跟他一样的,但有一个人毫无疑问是人类,他是老鼠,离刺猬家有一百二十八棵树的距离。

老鼠是个怎样的人?

按照刺猬说的地址,阿洛去找老鼠,可是在一百二十八棵树那里,阿洛没有找到任何痕迹。

阿洛在树上留了一张条儿:"尊敬的老鼠先生,我对您仰慕已久，希望能见一面。森林邮递员阿洛"。

过了两天，阿洛去一百二十八棵树。这次，阿洛惊奇地看见了一座小屋！

阿洛刚要敲门，门自动打开了。

屋里没人。

阿洛小心翼翼地走进去，左看看，右看看，屋子里空荡荡的，什么都没有。

阿洛不禁吓出来一身冷汗。

"老鼠先生，您在吗？"阿洛小声地问。

"在！"随后"吱"一声门关上了，一只老鼠出现在门后。

老鼠戴着一顶黑色的宽边帽，披着一件黑色的披风，浑身上下洋溢着一种神秘的气息。

老鼠把手一伸，说："请坐！"

一把小椅子奇迹般地出现在阿洛眼前。

阿洛用手摸了摸，木头的，真实的。他惊讶地坐了上去，挺结实的。

"老鼠先生，您好！"

"你好，阿洛。"老鼠很沉稳，说话的语气好像一个德高望重的老人，"我看到你的字条了，你找我有什么事吗？"

"对对对，有事。"阿洛想了一下，"不不不，没什么事。"

"到底是有事，还是没事？"老鼠的语气中含了一丝怒气。

"哦，我就是想问问您，您变成这个样子以前的事。"

老鼠猛地把头上的帽子一摘，大声吼道："出去！"

阿洛差点从椅子上跌落下来。老鼠摘下帽子后，阿洛见到了他没有多少毛发的脑袋和满是皱纹的额头，看来是有些年纪了。刚才还好好的，这会儿怎么这么大火气呢？

老鼠不容阿洛解释，一挥自己的披风，门开了。阿洛觉得一阵风扑过来，他身不由己就出去了。

门在他身后"嘭"地关上了。

阿洛不服气地叫道："老鼠先生，我知道您是谁，您原来是个魔法师！"

阿洛心有不甘地走了。阿洛胡乱猜测，既然老鼠能变出椅子，还能让风把阿洛吹出门，他一定是有些魔法的。

屋内的老鼠听到了阿洛的话。他浑身颤抖着，在门后蹲了下去。

阿洛猜对了。

天气渐渐回暖，森林里的鸟儿们开始叫得欢实起来。

阿洛的个子也乘着春风长得飞快。镇子上的人们见到阿洛都惊呼，阿洛成大小伙子了！阿洛觉得自己的力气长了不少，背起鼓鼓囊囊的邮包，走得脚下生风。

阿洛在森林里的朋友越来越多，他越来越喜欢待在森林中的时光,穿过一棵一棵不同的树,听树上的鸟儿叽叽啾啾,吸着树叶的清香、野花的芬芳,林中有无数条小路,各种动物的脚印在上面交错、重叠,交织成一个又一个故事。

阿洛再也没有去找过老鼠。不仅如此,他甚至有些害怕看见老鼠。老鼠浑身黑色的样子,老鼠随手变出的魔法,想起来心里还是微微发寒。

可有时候就是这样,你越是不想见的人,很可能越会遇上。

这不,阿洛刚进森林就撞见了老鼠。

老鼠拄着一根拐棍,笔直地站在阿洛面前。他用拐棍敲敲地面:"站住!"

阿洛站住了。

"你为什么不找我了?"

"我为什么要找你?"阿洛疑惑,老鼠为什么要叫自己去找他。

"你为什么不问我以前的事?"

阿洛心说,我想知道,可我不敢问。

老鼠用拐棍又敲了一下地面,说:"跟我走!"

阿洛迟疑着。老鼠用眼睛一瞪,声音大了点:"跟我走!"

老鼠在前面走,他慢吞吞的,每走一步都要喘上两口气,背微微驼着,好像背着一座沉重的大山。

如果他背上真有什么背着,阿洛一定会拿过来自己背的,可老鼠的背上空空如也。阿洛放慢脚步跟着,好几次看老鼠晃晃悠悠地差点跌倒,他伸出手去扶,还没触到就缩了回去。

终于走到了老鼠的家。老鼠对着家门吹口气,门就自动开了。

阿洛战战兢兢地进了屋。老鼠坐下,大口大口地喘着粗气。

老鼠说:"我,跟你一样,也是人。"

阿洛说:"我知道。我想知道你为什么变成这样。"

"说来话长。"老鼠又喘了一口气,"来,你先看我露几手。"

老鼠把拐棍举起来,用手指一敲,"咚咚"两声,拐棍的一端就冒出一朵黄花;再敲一下,冒出一朵紫花;他不停地敲,花朵不停地往外冒,五色斑斓的花朵铺满了整个屋子,香味包围了阿洛,阿洛看得目瞪口呆。

老鼠嘴角微微上扬,似乎是得意地笑了。他摘下帽子,翻转过来让阿洛看。

帽子里什么也没有。

老鼠点点头,他摸了摸嘴角翘起的几根胡子,对准帽子猛吹一口气。

奇迹出现了,一只小鸟从帽子里飞了出来,那只鸟围着屋子飞了一圈,在老鼠的头上停住了。

老鼠对着帽子又吹了一口气,扑棱棱又飞出一只小鸟,跟刚才的小鸟简直一模一样。

那只小鸟围着阿洛飞了一圈,停在老鼠头上的那只鸟也飞了起来,两只鸟压低身子,一块儿从大门飞了出去。

老鼠笑着问阿洛:"怎么样?"

阿洛的嘴巴大张着,老鼠走过来把他的嘴巴捏上了。

阿洛说:"太神奇了!"

老鼠神秘地一笑:"神奇?以后会让你看到更神奇的!"

阿洛问:"以后?"

"是啊,以后。我今天太累了,好长时间都没做这些了,太累了!"老鼠重新坐到椅子上,喘着气。

阿洛说:"能告诉我你以前的事吗?"

"下次吧,下次你来的时候我告诉你。"

"什么时候?"

"等我找你的时候。"老鼠长舒了一口气。

阿洛走出老鼠的家,心中犯嘀咕,这个老鼠,真是个令人捉摸不透的魔术师呀!

一个雨天,阿洛扭伤了腿。

在家里休息了一个星期,阿洛心里始终惦记着老鼠的话,他想,老鼠找过他吗?

腿稍微好一点,阿洛就去森林等老鼠了。

老鼠没有出现。阿洛一瘸一拐地去老鼠家,门关着,阿洛在外面站了半天,没敢敲。

阿洛站得太久,腿已经麻木了,他正想走开时,旁边出现了一把椅子,紧跟着,老鼠的门开了。

老鼠走出来,他朝阿洛一笑,指指那把椅子。

阿洛坐了上去,阿洛说:"我扭伤了腿,刚刚好一些就来找你了。"老鼠"嘘"了一声,让阿洛闭嘴。紧接着,老鼠扶住阿洛的肩膀,深深地吸了一口气。

忽然,阿洛摇晃了一下,怎么了?椅子慢慢地腾空了!椅子托着阿洛飘浮了起来,身后的老鼠也飘在半空中。

绕过几棵树之后,阿洛眼前一黑,跌入了另一个世界——

恍恍惚惚,好像是布罗镇,但又不太像。阿洛走在一条石板路上,腿也不疼了,老鼠不见了!

前面黑压压的一片人,爆发出阵阵欢呼声和尖叫声。

被人群包围着的,是一个身形高大的巨人,他身着火红的衣服,头发眉毛胡子也是火红色的,他冲天空招招手,一只巨大的秃鹫便停在他肩膀上,围观的人群爆发出地动山摇的欢呼声,激起火一样的热浪。

巨人得意地大笑几声,把秃鹫托在自己的掌心,走向围观的人。

一位身披貂绒披肩的贵妇人被他拉出人群,他让贵妇人伸出手,对着她的手心吹了一口气,一只金光四射的小

金鼠就出现在她手上。贵妇人瞪圆了眼睛，发出一声尖叫。巨人眨眨眼，让贵妇人把金鼠收进自己的衣袋。人们疯狂地尖叫着，争先恐后地让巨人也在自己的手中变一只金鼠。

巨人高深莫测地笑着，来者不拒，他连续地吹气，一只只金鼠被人们藏进自己的口袋中。

阿洛的心中也痒痒的，这只金鼠在布罗镇可以换来一幢大房子，要是有了这只金鼠，采弥就不用再早出晚归地去捡垃圾了，太好了！

阿洛焦急地往前挤，他终于挤到人群里面，站在巨人的脚下了，他伸出手，手心朝上，等着巨人向他手心吹气。

可是，阿洛与巨人四目相对时，巨人忽然露出恶狠狠的神情，朝阿洛龇出牙齿，站在他掌心的秃鹫也目露凶光，扑打着翅膀，发出一声尖叫，一副随时准备扑向阿洛的样子。

不知哪来的一阵风，阿洛浑身一凉，他双腿颤抖着，缩回了自己的手。

巨人把目光从阿洛身上移开，对着其他的人，又恢复了刚才的热情。

阿洛很快被狂热的人群挤了出去。

"阿洛，跟我来。"老鼠的声音在阿洛耳边响起。阿洛四处看看，不见老鼠的影子。他正惊讶着，老鼠又重复了一遍，于是阿洛跟着老鼠的声音向前走，穿过街道上的小巷子，到了一座豪华的古堡前。

此时是深夜，外面漆黑一片，古堡里还亮着灯，灯影里觥筹交错，不少人在吃喝玩乐，载歌载舞，阿洛的身子又飘了起来，他发现自己站在了房顶上，脚边是一个大大的天窗。

"阿洛，看看屋子里。"老鼠的声音又出现了。阿洛四处看看，还是不见他的人影。

趴下身子，阿洛往屋里一看，不禁大惊失色，只见一只金鼠正指挥着成百上千的老鼠在往外搬东西，首饰盒、保险柜，不时有零碎的珠宝掉落在地上，马上被小老鼠们捡起来，好几只老鼠用首饰把自己打扮得珠光宝气。

天哪！那只金鼠是小偷啊！

看来，那巨人不是好心的魔法师，而是邪恶的大盗啊！

阿洛一边用力敲打着天窗，一边大叫"有贼呀"，他想把屋里的老鼠们吓跑，同时引起主人的注意。

可他发现，无论他怎么敲打怎么喊叫，都发不出任何声音。

老鼠的声音又响起来了："没有用的，阿洛，我们是在一百年前的时光里，你只能是一个看客，改变不了任何事情。"

老鼠带着阿洛走了一家又一家，从富翁的城堡走到平民的屋子,只要是得到过金鼠的人家,都有一群老鼠盗贼在忙碌着。有钱人家的金银财宝、贫穷人家的粮食衣物,都被洗劫一空。

阿洛的喉咙发不出一丝声音,敲打墙壁和大门也没有任何声响。

他只听得到老鼠的声音,却看不到老鼠在哪里。

阿洛不停地对自己说,这是一个噩梦,醒过来就好了!

阿洛终于醒了!

他被一阵剧烈的震荡带回了森林,落在老鼠的屋子里。

老鼠浑身大汗淋漓,坐在一边喘息着,他说:"好……好了……你……可以开口讲……讲话了。"

阿洛也觉得特别累,受伤的那条腿猛然间痛到了极点,他不由发出几声呻吟。

老鼠说:"好吧,我来解答你的疑问吧!"说完,他对着阿洛的那条伤腿吹了一口气,又用一只手轻轻地从上到下抚摸了一遍。说来也怪,老鼠的手所到之处,一阵清凉,疼痛立刻消失得无影无踪。

阿洛问:"我刚才见到的是真的吗?那些金鼠是怎么回事?"

老鼠说:"你见到的是真的,不过那是一百年前的事了。"接着,老鼠给阿洛讲述起那段故事。

阿洛见到的巨人正是一百年前的老鼠。

他当年名叫麦加加,是布罗镇唯一的巨人。麦加加有一身用不完的力气,可是他不喜欢干活。有太阳的日子,麦加加在家睡觉,说太阳底下干活他头晕,眼睛也疼;下雨的日子,麦加加更要在家睡觉,说下雨天干活他手臂疼,腿脚也疼;春天的时候,麦加加说春天是长身体的时候,作为巨人,长身体的时候最需要的是休息,不能干活;冬天的时候,麦加加说冬天需要调理,很多动物都在冬眠,他自然也需要养精蓄锐……麦加加成为布罗镇有名的懒汉,提到他的人无不摇头叹息。

有一天,麦加加睡得浑身骨头疼,他不得不起来四处游荡。他信步走进了森林,遇到一位身穿黑衣服的小矮人。小矮人是个魔法师,麦加加一下子就爱上了这一行。

麦加加就跟在小矮人后面学习魔法,他为小矮人洗衣做饭,背着小矮人到处走,离开布罗镇整整三年。

三年后,麦加加回到布罗镇,那时他的父母因为劳累过度积劳成疾已经离开了人世。麦加加只用了一个星期,就建成一座最豪华的房子住了进去,没有人知道他哪里来的钱。

麦加加学会了魔法,可是靠变魔法来养活自己太累了,麦加加潜心研究出变"金鼠"的法子,让金鼠带着老鼠们为他偷盗,他足不出户,却财源滚滚……

可是，好景不长，布罗镇的人们开始怀疑麦加加，他们冲进麦加加的房子里，挖地三尺想找出他偷盗的财宝，可是麦加加没有那么傻，他早就把东西埋进了森林中。

麦加加用魔法让秃鹫啄瞎了几个人的眼睛，人们才退出他家。

麦加加得意极了。他以为高枕无忧了。

然而，一天夜里，几个蒙面人偷偷钻进了麦加加的家里，他们打昏了麦加加，弄死了他的秃鹫，最后把麦加加扔进了一口枯井。

麦加加清醒过来，他想爬上枯井，可却发现，那比登天还难，因为巨人麦加加已经变成了一只小得可怜的老鼠，而井壁比镜子还要光滑。

老鼠麦加加在井里生活了半年多，饿了吃小虫子，渴了喝露水，直到井边的一根树藤被大风刮进了枯井，才成为麦加加的"救命藤"。

阿洛问："那些财宝呢？"

老鼠有气无力地说："我现在住的地方就是原先埋财宝的地方，可是它们早就消失了，我挖了几个月也没有找到它们的踪影。或许，它们被更大的盗贼偷走了；或许，它们本来就是一场梦而已，谁知道呢？"

阿洛试探道："你现在还偷东西吗？"

"偷？我对这已经完全失去了兴趣，再多的东西也无法换回过去的我，我只能永远是一只老鼠。不过，我可能是这世上唯一对偷东西不感兴趣的老鼠了。这倒也是件奇怪的事!"老鼠的语气略带调侃,整个人也显得轻松愉快起来。似乎把过去的事情讲出来之后,他便卸下了一副重担。

阿洛明白了。他问:"你可以教我一些魔法吗?"

老鼠果断地拒绝了:"不到万不得已,我不会动用魔法了!你现在的生活,是我多么向往的呀!好好珍惜吧!"

说完,老鼠对着大门一指,阿洛便莫名其妙地跑出了门。

大门在身后关上了。

几天后,阿洛去找老鼠。他没有找到老鼠,在一百二十八棵树那里,没有任何房子。

老鼠消失了,不知道他去了哪里,不知道他还在不在森林里。

每次经过一百二十八棵树时,阿洛总会念叨起老鼠,希望他一切都好。

寻找花树

送信时,阿洛喜欢看沿途的那些小野花,最喜欢的是那一簇簇的蒲公英。有风时,阿洛看着蒲公英的种子随风飘起,不知道那些种子会飘向哪里,不知道第二年的春天或夏天,有没有它们落地扎根的消息随风传来。

布罗镇的好多人也像蒲公英种子一样,随着时间之风飘向了镇外。阿洛不知道他们都在哪里落下,又在哪里扎根生长,他只知道布罗镇留下的年轻人越来越少,街道上行走着的老年人越来越老。

邮局的果桑正式退休,代替他的是他的孙子阿淘。阿淘比阿洛小两岁,他来了之后,阿洛就不再是最小的邮递员了。

阿淘很顽皮,可阿洛并不讨厌他。阿洛只是希望阿淘不要变成蒲公英的种子飘出去。这里有需要他照顾的果桑爷爷，还有那么多等待他送信的老人们。

尽管阿洛处处照顾阿淘，但他没有带阿淘进入过森林，他对阿淘还了解得不够，担心顽皮的阿淘会在森林中惹祸。

采弥以前总是早早地出去，晚晚地回来，可最近出去得很晚，回来得却很早，她脸色蜡黄，脚步虚浮。

阿洛说："以后你就不要出去干活了，我的工资足够我们生活了。"

采弥笑着说："你的日子还有很久很久，你未来会有一个新娘，有自己的孩子和一个更温暖的家。这座房子太破了，我们得找机会好好修整一下才行，屋子里也要添置一些家具才好。"

采弥的笑显得软弱无力，但是语气却很坚定。

阿洛说："现在这个家对我来说是最温暖的，我只要跟你在一起就好，我们不要分开。"

"又说傻话了！"采弥背上布口袋走出家门，她自言自语，"可爱的傻孩子，有一天我会离开你，就像蒲公英那样，不过我再也不能落地生根了，只愿你好好的，阿洛。"

阿洛隐隐觉得，采弥是生病了。可布罗镇医院里的医生都走得差不多了，唯一的一名医生去年也死了。

阿洛带着对采弥的担忧走进森林。

阿洛径直走进松鼠先生的家。松鼠刚刚睡醒，眼角还糊着眼屎。

松鼠何等聪明,它不等阿洛开口便说:"你是遇到麻烦了。"

阿洛点点头:"是的,先生,今天没有您的信。"

"说吧,我可以帮到你什么?"

"采弥生病了,她是一直照顾我的人,就像我妈妈一样。"

"你可以去找医生啊!"

"医生?我们布罗镇的医生一个个离开了,他们像蒲公英的种子一样飞走了,就再也不愿意回来了,唯一留下的医生去年也死了。那以后,镇子上如果有人生病了,只能在家里等死。我害怕采弥也会那样。松鼠先生,你是个知识渊博的先生,帮帮我,救救采弥!"阿洛说着说着,声音中就带了哭腔。

松鼠捻着胡须,沉吟着。

阿洛充满期待地看着松鼠,从松鼠的沉吟中,他看出了一丝丝希望。

果然,良久的沉默之后,松鼠说:"办法的确有一个,不过有些危险。"

阿洛说:"我不怕,只要能救采弥,多危险我都不怕!"

松鼠说:"那好吧,今天已经来不及了。明天你早点出发,在太阳再次升起之前,找到森林深处的一棵散发着异香的花树,你就找到了救采弥的办法。"

阿洛说:"花树？那棵花树能救命吗？"

"你要到了那里才能知道，有很多人都是无功而返的。你去试一试，只有试了才能知道行不行。"

"我明天就去！"

第二天天还没亮，阿洛蹑手蹑脚地起了床，他听了听，采弥还没有醒。是的，采弥越来越虚弱了，她一天比一天起得晚了。

阿洛带上干粮，悄悄出了门。

就在阿洛快进入森林时，后面有人拉住了他，他一回头，是阿淘。

"阿淘！你这么早来干什么？"

"你去哪里？我想跟你去！"阿淘眨巴着两只小眼睛。

"你怎么知道我会出来？"阿洛搞不懂怎么回事。

阿淘神气活现地说:"你昨天去邮局请假我就猜到了。我爷爷说过你从没请过假，除了有什么十万火急的事！"

"你这么早出来，果桑爷爷知道吗？"

"当然！爷爷支持我来帮你的忙！"

阿洛为难地看着阿淘，他犹豫着，这么黑的天，多一个人胆子会大一些，可是阿淘这个淘气的家伙不知道能帮到什么，会不会帮倒忙呢？

阿淘似乎看出了阿洛的担心，他拍着小胸脯说:"阿洛你放心！我爷爷千叮咛万嘱咐，要我听你的话。"

阿洛说:"那好吧,你跟着我,不要乱走,森林不同于布罗镇,知道吗?"

阿淘再次坚定地拍胸脯,阿洛忙拉住他的手:"别再拍了,再拍出个好歹,还得先帮你治伤。"

一进入森林,那种黑又深了一层,似乎是人醒了,可眼睛还没能睁开的感觉。

走在阿洛身边的阿淘立刻抓紧了阿洛,似乎还颤抖了几下,阿淘说:"阿洛,怎么这么冷,怎么这么黑?"

"这就是森林。一会儿你就会适应了。"阿洛拉住了阿淘的手。

他们俩深一脚浅一脚,走得很小心,怕撞到什么,也怕踩到什么。

"阿洛,我们这是要去哪里?"

"我也不知道,只要顺着这个方向走就是了。"阿洛拿出一个指北针,凑近使劲看了看。松鼠说过,一直往北走,就会走到花树那里。

"我们去干什么?是去历险吗?"阿淘的好奇简直无法阻挡。

"历险?不是!我是去找能够帮采弥治病的药。"

"采弥生病了吗?"

"嗯。"

"什么病?"

"不知道。"

"不知道怎么能想办法治?"

"正是因为不知道才要去想办法!"

"一定能想到办法吗?"

"试一试才知道!"

"只是试一试? 还不一定能成功?"

阿洛不走了,他想要发火了,他想对阿淘说:"你给我回去!"

可是阿洛只是停住了脚步,阿淘就已经害怕了,他赶紧住嘴,不再说话。

阿洛低声说:"不要说话了,专心跟我走!"

低低的声音在漆黑的森林中显得特别怕人。不知从什么地方传来窸窸窣窣的声响。阿淘抓紧了阿洛的手,不敢再问什么。

他们一直往前走,身上开始出汗。空中有淡淡的光传入森林。天正在亮起来。

不停地走,阿洛浑身是劲,前面就是采弥好起来的希望!

森林中渐渐发亮,有阳光从树叶稀疏的地方钻进来,气温不再那么寒冷。

阿淘腿脚发软,他手心全是汗,问:"阿洛,还要走多久?"

"不知道。"阿洛微喘。

"阿洛快看,是不是那棵树?"眼尖的阿淘叫了起来。

前面真的有一棵树,树上开满了白色的花,在满眼的绿色中显得那么漂亮!

阿洛几步走过去,仰着头看树上的花。

那些花洁白如雪,花瓣层层叠叠,像裙裾般,有着波浪的曲线。

阿淘张大嘴看着,由衷地赞叹:"真美啊!我们布罗镇要是也有这样的树就好了!"

一阵风吹来,飘落几片花瓣,像微雪洒落。

就在阿洛和阿淘都惊喜万分的时候,树上传来一个尖细的声音:"干什么,你们干什么?走开!走开!"

说话间,花间探出一个尖嘴巴,然后,面孔露了出来,两只滚圆的眼睛透出凶光。

一只鸟。

阿淘几乎被吓死了,他从没听过鸟讲话。

阿洛说:"对不起,我在找可以治病的花树,请问,你是守护这棵花树的主人吗?"

"对!快走开!"那只鸟非常暴躁。

"求求你,我妈妈病了,需要这棵树上的花来治病。帮帮我好吗?"阿洛哀求道。

"你睁开眼睛看看好吧!我这棵树治不了病!你们说的那种治病的花树还远着呢!"鸟尖叫着,"不信你闻闻,我这花香不香?真是烦人,总有笨蛋认错!"

阿洛忽然想起松鼠说过,那棵花树有异香。阿洛用力嗅了嗅,这棵树上的花果然没有任何香气。

刚刚鼓胀起的希望瘪了下去。

阿洛失望得一屁股坐在地上,阿淘也坐在了他身边。

那只鸟又扯着嗓子叫道:"还不快去找,太阳眼看就要落下去了!"

"还有多远啊?"阿淘问鸟儿。

"笨蛋!已经找到我这棵花树了,另一棵还会遥远吗?"

阿洛一听,力气又回到了身上。鸟的意思是,那棵可以治病的花树距离这里不远了吗?他想问问鸟儿到底还有多久才能到,可那鸟儿已经缩回到花间,再也不说话了。

阿洛带着阿淘继续寻找花树。

投进林子里的阳光越来越淡,光线越来越暗淡。能治病的花树,你到底在哪里?

已经走得筋疲力尽的阿洛心里异常焦躁,他感觉这一趟白来了,无边无际的森林里,那棵树会藏身何处?

"嗨,好心的人类,能帮帮我吗?"

是谁?

阿洛看了一下周围,没有看见谁。

阿淘看见了,是路旁的一条小绿蛇。

那条绿蛇昂着头,可怜巴巴地看着阿洛,它说:"请问,能帮我一个忙吗?"

阿淘现在可不害怕了,他已经慢慢习惯森林里动物能讲话这个事实了。他说:"我们要办正事,没空来管你的闲事!"

阿洛心中也不太情愿受到这条蛇的干扰,但他还是压住心中的不耐烦,问道:"你遇到什么麻烦了?"

"我,我迷路了!"绿蛇怯怯的。

"你家在哪里?"阿淘听阿洛这样问,使劲扯了一下阿洛的袖子,说:"我们哪有空管它?"

绿蛇依然看着阿洛说:"我也不知道,我只知道我的家在最北方,可每次出来我总是迷路,我不知道北是哪边了。"说完,蛇扭了扭脖子,往四周看了看,一副迷茫的样子。

阿洛从怀中掏出一个怀表一样的东西说:"我这里有个指北针,顺着它的指针,可以一直走到北方。"他把指北针递给小绿蛇。

可是小绿蛇只是看了一眼,没有拿。它眨了眨眼睛说:"我还很累很累,你能不能送我回去?"

阿淘说:"不能!"

阿洛却说:"行!"

阿洛解下背上的干粮袋,对小绿蛇说:"你睡在这里吧,我背着你走,如果到了你家就告诉我!"

阿淘很生气,他低声说:"你不想救采弥了吗?"

"如果采弥遇到这事,她也一定会这么做的,别说了,快走,也许还来得及!"

阿洛背着小绿蛇,顺着指北针指的方向,快步走着。他感觉脚趾被鞋子磨得火辣辣地疼,估计已经起了不止一个水泡了。他想到阿淘的脚,于是对阿淘说:"要不,你留在这里休息,我把它送回家后再来找你,好吗?"

阿淘说:"我可不想一个人呆在黑漆漆凉飕飕的鬼地方!"

小绿蛇可不乐意了,它说:"什么叫鬼地方啊,我们这里比你们人类住的地方可好多了!"

"你个没用的小蛇还挺嘴硬啊,要不你下来自己游回家啊!"

"要你管!你又没有背我!"

"有本事自己下来!我的脚都痛死了还是在自己走呢!"

"哼!你是坏人!"

"你是坏蛇!"

"坏人!"

"坏蛇!"

阿洛忍不住了,他停下脚,命令道:"再吵我就不走了!"

蛇和阿淘不约而同吐了吐舌头,不再争吵。

走啊走啊，天已经彻底黑了，星星在树叶间闪烁着微光，这样的光线下在森林中行走越发艰难。

阿淘已经看不到路了，他只是盲目地跟着阿洛，上下眼皮像两块磁铁，时不时就要吸附在一起。阿淘使劲睁开眼睛，身体不由自主地摇晃着，时不时就要撞到路边的树木。

阿洛不断提醒阿淘："注意脚下的枯木头。"

"当心头顶！"

"不能睡着了，小心摔跤！"

背包里的小蛇似乎也睡了，不动，也不说话。

森林中安静得有些怕人，阿洛只听见自己和阿淘的脚步声和沉重的喘息声。

黑暗有如海洋，淹没了整片森林，阿洛觉得自己就像一尾小得不能再小的鱼，任何一个浪头过来自己都会被掀翻。

渐渐地，脚步声、喘息声，都像从某个遥远的国度传来，而大浪似乎真的来了，它朝阿洛涌过来，它翻卷着，越来越近，越来越猛烈。然后，大浪猛地一扑，扑倒了阿洛。

阿洛歪在一棵大树下，睡了过去。阿淘也靠在他身边，呼呼大睡。

小绿蛇从背包里钻出来，它打量了几下阿洛，满意地点了点头，游入了黑暗的深处。

黑暗的森林里其实有很多动静，只是不留意的人听不见而已。

如果阿洛这时醒着，如果醒着的阿洛能认真听，他就能听到远处的小绿蛇在跟谁说着什么。

不过，疲惫不堪的阿洛连梦都没有力气去做了。

那又有什么要紧呢？当太阳出来的时候，阿洛自会收到小绿蛇留给他的珍贵礼物。

天亮了。一缕晨光停留在阿洛的眼角，叫醒了阿洛。

阿洛揉揉眼睛，他的肩膀被阿淘的大头压得生疼。

阿洛再揉揉眼睛，他不敢眨眼，不敢相信自己的眼睛，不敢相信。

眼前是一棵巨大的树，树上开满了白色的花，花朵一簇簇挨挨挤挤，花瓣重重叠叠。灿烂！绚丽！耀眼！

最重要的是，一股股浓烈的香气从花树上扑面而来！

花树！

阿洛和阿淘居然在花树下睡了一整夜！

小绿蛇呢？

阿洛检查背包，没有小绿蛇的影子。小绿蛇悄悄地走了。

阿洛见到一封信，字是绿色的，是用散发着清香的草汁写成的："阿洛，你是森林里最有名的邮递员，还是心地最善良的邮递员，好运会伴随你的！"

阿洛似乎有些明白了，小绿蛇不是一条普通的小蛇。

阿淘也醒了，他大叫大嚷："阿洛！花树！花树！我们找到花树啦！"

"不是我们找的，而是别人带我们来到这里的！"阿洛说。

他们站在花树下，使劲嗅着花香，力气重新回到体内。阿洛脱下鞋子，脚上的泡在花香中慢慢消失！他开始采摘鲜花，直到装满背包。采弥有救了！

微风摇着花树，花香飘得更远了。

远处的草丛中，一只绿色的小脑袋探出来，它眯起两只眼睛，笑意盎然，它说："阿洛，再见！"

有一条大河

散发着异香的鲜花果然治好了采弥的病,半个月不到,采弥又跟从前一样面色红润了。阿洛把剩下的鲜花晒干,遇上身体不好的人就送他们一些。

一直有个疑问在阿洛脑海中萦绕,阿洛恍惚记得那晚在林中找花树时,听到类似流水的潺潺声。他问阿淘有没有听到,阿淘一口否认,说阿洛是疲劳过度出现幻觉了。

阿洛觉得有这个可能。但连着好多天,那流水声时不时地在阿洛耳边回响,似乎在召唤阿洛。

"森林中有一条大河?开玩笑吧!"松鼠很果断地说。

"不可能,我在这里住了不是一天两天,从来也没见到过什么大河!"大力熊摇摇头。

"大河?可能吗?也有可能,虽说我到过林中的很多地方,毕竟还没有走遍它哟!"一只年老的兔子慢吞吞地说。

"嗯，或许真的有大河。如果有的话，我可以带着孩子们去游泳啦！如果有的话，那就太棒了！"一只猴子爸爸说。

阿洛没看见过猴子游泳，他问："你会游泳吗？"

猴子生气了："你们人类会游我就会游，不就是划拉划拉水吗？我是没游过，但是我想我应该会！如果你找到大河，我们就去一决高下！"

好吧！阿洛心里想，其实我也不会。

阿洛想去森林中找那条河。他对整天跟着他的阿淘说过这个提议，但阿淘把头摇得快掉了："不去不去，太可怕了，也没什么好玩的东西。"

的确，对每个人来说，好玩的东西各不相同。就像阿淘喜欢的很多东西阿洛毫无兴趣，阿淘不喜欢的森林恰恰是阿洛最喜欢的。

阿洛依然带上了指北针，沿着上次的路向前走。与上回不同的是，上次他把注意力集中在眼睛和鼻子上，这回，他特别留意任何一种细微的声音，特别是类似流水的声音，他希望那种声音能带着他找到森林中的那条大河。

第一次，阿洛无功而返。

第二次，阿洛一无所获。

第三次，阿洛依然没有找到大河，连条小水沟也没找到。

阿洛不再相信耳边的流水声了,甚至听到水声心里就有些难受。

阿洛问采弥:"森林里可能藏着一条大河吗?"

"没有什么是不可能的,只有没有被发现的。"采弥说,"如果你相信,它或许就存在。"

阿洛垂下了头。

"那条河,不是已经在你心里了吗?"采弥安慰阿洛。

"在我心里?"阿洛摸摸自己的胸口,只摸到了心跳,没有河流。

这天,松鼠先生忽然主动找到了阿洛。

它交给阿洛一封信,是写给特沃先生的信!

这是怎么回事?松鼠怎么突然原谅特沃了?阿洛不知道原因,不过他还是很开心。特沃先生的诚意终于打动松鼠了!

阿洛脚步如飞地跑去特沃家。

可是特沃家的门是关着的。阿洛问邻居,邻居说,特沃先生大概是病了,他的店门三天都没开了。

阿洛用力拍打特沃家的门,好久好久,特沃才把门打开。阿洛一看,特沃的脸色像白纸,身体瘦弱得一阵风就能把他吹倒,脚步轻飘飘的,鼻子里呼哧呼哧地喘着粗气。

阿洛连忙把特沃扶上床。

阿洛把松鼠先生的信交给特沃,特沃颤颤巍巍地打开信封,刚看了两行,热泪就滚了下来。他说:"松鼠,终于……终于……肯原谅我了,谢谢你,阿洛……"

看完信后,特沃疲乏地闭上眼睛,再也无力说话。

阿洛想起家里可以治病的花,赶紧跑回去取。

到家后打开装花的袋子一看,里面已经空了。

怎么办?只有再去一次森林,但愿能顺利找到那棵花树。

阿洛带上干粮和指北针,还带上一个大大的口袋,他要多采些花回来。

顺着指北针的方向,阿洛一直往北走。他有些后悔,前几次去寻找大河的时候,应该带些花回家。唉,找那也许根本就不存在的大河干吗呢?就算找到了又怎样呢?它能救特沃先生吗?

距离花树应该不远了吧!阿洛擦擦头上的汗水,吃了些干粮,休息了片刻。

应该就在前面不远了。阿洛使劲嗅嗅,风中有各种味道,可似乎没有花树的那种异香。

难道走错了?阿洛打开指北针看看。没错,方向是对的。

阿洛继续走,边走边寻找。很快,他到了花树的所在地,他第一次来的时候就特意观察了花树周围的情况。

这是怎么回事？眼前的确有一棵似曾相识的树，但没有一朵花，只有满树的绿叶，浓密遮天。

花呢？花呢？

阿洛仿佛听到自己心脏落地的声音，听到特沃生命消逝的声音。

没有花，一朵也没有。

阿洛细细地看了又看，的确没有。

花期已经过了！没有花了！特沃先生只能等死了！

阿洛不甘心，有一棵树，就应该有另一棵，它一定藏在这森林中的某个地方，那棵树上的花也许还没有落尽。

阿洛要继续寻找，无论如何也要救活特沃，他跟松鼠先生才刚刚和好呢！

阿洛往前走，试图找出被森林藏起来的另外的花树。

没有。阿洛走得全身的骨头都快散了架，也没有找到花树。

阿洛灰心了，他知道再怎么寻找也是没有用的。就算花树不止一棵，花也应该都凋谢了吧！找到了又有什么用呢？

阿洛累到极点，靠在一棵大树下睡着了。

阿洛累得连梦都做不动了。可是，耳边怎么又传来流水的声音？还有汽笛的声音，好像有船从远处驶来，划开河水拍击出巨大的浪花。阿洛很想睁开眼睛看一看，自己听到的是真的还是梦。可是，实在是太累了，睁不开啊！

也不知道睡了多久，阿洛醒了。

阳光透过树叶照进森林，闪烁在阿洛的眼睛上，阿洛被晃醒了。

他起身一看，自己靠着的哪里是什么大树？分明是一艘轮船的船头。

不，这不是一艘完整的轮船，而是一个船头，露在地面上。

这森林里怎么会有轮船？它什么时候驶来的？又是怎么进来的？

好奇心驱使着阿洛爬上船头，顺着倾斜的甲板，阿洛爬进了船舱。

船舱里有一些奇形怪状的瓶瓶罐罐，跟布罗镇的人们用来吃饭喝水的东西有几分相似，阿洛猜想那可能是船上的人用来吃饭喝水的。船上的人呢？是离开了，还是被埋在地下了？阿洛猜测着，继续查看。他发现了一个木头盒子，盒子没有锁，很容易就打开了。里面放着一本书，书的封面上写着两个大字："药典"。这是什么书？阿洛认识的字儿不是很多，但"药典"这两个字让他猜到可能跟治病有关系。阿洛激动地翻开书，里面画了很多图画，大多是些花花草草，每幅图下面都有很少的几行字，大意是说这些花花草草都有些什么作用，可以治疗哪些疾病。阿洛一边翻阅，一边充满了期待，这里会有花树上的花吗？他的手因为激动而颤抖了。

果然,花树上的花出现在书上,下面的字说这种花散发奇香,可以治疗几十种病,还说这种花的花期很短,但每一朵花凋谢之后都会在枝头留下一颗种子,用种子熬成的汤药跟鲜花有同样的功效,但是种子一旦被采摘干净,花树就会死亡。

特沃先生得救了!

阿洛把书揣进怀中,顾不得多想,他跳下船,跑向花树。

阿洛把采摘来的种子放进自己的口袋,当然,他仔细查看了,花树的种子很多,他小心翼翼地摘了很少的几十粒,他可不希望这花树死亡。

喝了花种熬制的汤,特沃先生的身体果然好转了。人们对阿洛佩服得五体投地,有人好奇地问阿洛那些汤药是用什么熬成的。阿洛只说是从一位外地的医生手中得到的,他知道,一旦人们知道了花树的秘密,那棵花树就活不长了。

只有一个人例外。她是采弥。

采弥把《药典》翻了又翻,然后她告诉阿洛,这里面的花草在布罗镇几乎难以找到,不过,森林里也许会有一些。

阿洛把剩下的花树种子交给采弥,采弥说:"这种子不知道能不能在布罗镇的泥土中发芽。不过,我们应该试一试。"

于是采弥在院子里种下两粒。

阿洛告诉采弥那条大船的事,采弥说:"有水的地方才能行船,那条船肯定是顺着水流进入森林的。不不不,也许,很多很多年以前的森林并没有树也说不准啊!那时,大船所在的地方会不会就是一条大河呢?"

阿洛和采弥都被这个大胆的假设震惊了!谁说不是呢?

一定是有一条大河的!那艘船,也许因为意外而搁浅了,船上的人不得不弃船而走,随着时间的推移,大河的水一天天变得更少,风带来的泥沙逐渐填埋了大河,也埋住了大船,后来,周围渐渐长出了小树,小树越来越多,越来越多,于是,就有了现在的森林。

呀!这么说,原先的森林不一定是森林,原先的布罗镇也有可能不是布罗镇呢!

在森林的下面,在布罗镇的下面,还有什么神秘的东西呢?

在采弥的建议下,阿洛把那本《药典》交给了特沃,他说:"特沃先生,您是我们布罗镇最有学问的人之一,这本书可以帮助人治病,只可惜我不大看得懂,您能不能帮帮我呢?"

特沃大病初愈,在家里闲得正难受,他一口就答应了。

过了几天，特沃对阿洛说："这书上的花花草草都不常见，只有这书，没有花草还是不行。不知道能不能从森林中找到些药材。我跟你一起去森林中找找吧，正好我也想拜访松鼠先生。"

阿洛同意了。松鼠每次见面都会询问特沃的情况，可见松鼠早已原谅特沃了。

阿洛让特沃多穿些衣服，当心着凉。森林里的温度可比外面低多了。

阿洛带着特沃走进森林。

特沃一进森林就开始发抖，阿洛赶紧扶住他问："怎么了？"

特沃稳了稳身体，说："没事，就是想起了年轻时候的那些事。"

特沃告诉阿洛，年轻时，他从这森林中走过很多回，那时，阳光穿过树叶洒在林中的蘑菇上，微风伴着鸟鸣在林间回旋，森林是多么美好！松鼠的热情款待让他永生难忘，可最终贪婪战胜了善良，他偷了松鼠先生计算时间的方法，犯下了不可饶恕的错误，而很多像他一样贪婪的人们也不断地伤害着这个森林，森林里的欢乐消失了，取而代之的是戒备和警惕，这里，多么冷清多么黯淡！

特沃没有忘记另一个任务，他对照着书上的描绘，在草丛中寻找着药材。

就这样，他们走了很久才到达了松鼠的树屋。

松鼠面对特沃，愣了很久之后，蹦出一句话："特沃，你老了。"

特沃看看松鼠已经有些花白的胡须，说："你也是啊！"

特沃和松鼠各自说了一句，就再也没有下文了。他们只是静静地坐着，看着对方，似乎看着时光里老去的自己。那些以往的仇怨，也都消失了。

松鼠照例拿出榛子酒，邀请特沃和阿洛喝一杯。特沃的脸立刻红了，比醉了酒还红，他说："不要喝酒，我还是喝口水吧！"特沃是想起以前骗松鼠喝醉酒骗走时间计算方法的那段往事了。阿洛呢，他也在这里喝醉过，醉酒比生病更难受呢，阿洛自然摇手拒绝了。

松鼠坚持倒了三杯酒，说："只喝一杯，为了我们的久别重逢，也不伤胃。"

松鼠带头喝了一口："这榛子酒啊，我喝了几十年，今天的味道最好！"

特沃跟着喝了一口，说："还是原来的味道，只是我们都已经回不到过去了。"

阿洛喝了一口，晃着脑袋说："啊，还是有些辣！"

特沃和松鼠听了，不禁哈哈大笑起来。

"松鼠先生，我在森林中发现了一艘大船！"阿洛说。

松鼠显出不可置信的神情："真的呀！"

特沃也说是真的。

松鼠说:"这么说,我们的森林里有一条大河来过呀!"

阿洛和特沃不约而同地点点头。

松鼠说:"可惜,我这辈子都没有见过真正的大河。如果有机会,我倒真想进行一次旅行,去看一看真正的大河是什么样子。"

阿洛说:"我可以带你去看看那艘大船。"

松鼠乐不可支,猛地喝下大口酒:"好,就这么说定了!"

大家边喝边聊,不知不觉倒了一杯又一杯,每个人的头都昏昏沉沉的,脚步却轻飘飘的了。

阿洛也不知道什么时候离开树屋的,醒过来的时候,他发现自己睡在特沃先生家,特沃呢,精神抖擞,满面红光,完全不像是刚刚生过病的人。

特沃见阿洛醒了,指着桌子上的一大堆草说:"看看,都是我在森林中找到的。对了,喝了这杯茶水,它能解酒呢!过两天,我给松鼠先生送些过去,喝了它,醉意就不留痕迹了,特别地神清气爽。"

阿洛喝着解酒的茶水,看特沃对着《药典》研究着那些草药,俨然就是一个医生了。

阿洛问:"特沃先生,你愿意成为一个医生吗?"

特沃头也不抬地说:"帮助别人,比赚钱更快乐。我希望可以帮助更多的人,不管能不能成为医生。"

夜行的怪物

铁匠铺的铁匠阿三一边把烧红的铁块敲击成菜刀的模样,一边问阿洛:"昨天夜里那个怪物又出来叫唤了,你听到了吗?"

"什么怪物?"

"不知道呀!老可怕了!黑暗里看,跟人差不多,可又说不出哪里像,叫的声音老大了,就在这镇子里来来去去的好几回!"

阿三一向喜欢疑神疑鬼的,阿洛不太相信他。

可是当阿洛把信送给做豆腐的老皮时,老皮也跟阿洛说了这件怪事,他还说亲眼见到了怪物的背影,走起路来一摇一摆的,不过到了森林边上,一蹿,没影儿了。

老皮是布罗镇最实诚的人了,没把握的事从来不做,没分寸的话从来不说,他做的豆腐也是最不掺假的。

老皮问阿洛:"你经常去森林送信,见到过那个怪物吗?"

阿洛在心里想了又想,摇摇头。

阿洛送了一天的信,整个布罗镇的人几乎都在谈论那个怪物,好些胆大的汉子还商量着哪天夜里把怪物捉住呢!

阿洛去森林中的时候特别留意,可是并没有发现任何可疑的怪物。

阿洛特意去敲了大力熊家的门,他问大力熊夜里有没有去布罗镇。大力熊很生气地说:"我会去布罗镇?笑死人了!你们镇子上的人就是来请我,我还要考虑考虑呢!"

阿洛去看獾先生,獾先生现在在自己家已经欢喜得不行了,每天都会有客人来陪它,它离开了谁来招待客人呢?

没办法,阿洛去找松鼠打听,松鼠也说不知道。

阿洛急了,那个怪物很有可能就住在森林里,要是它真去伤害布罗镇的人,或者被布罗镇的人伤害的话,那多少年前的恩怨又该重现了,那可怎么是好?

阿洛想,只有亲自会一会那个怪物了。

怪物都是夜里来,夜里走,只有夜里才能见到它。

布罗镇的人们早早就关上了门,孩子们也不敢随便在外面野了,大家都听说了怪物的事。

阿洛早早地吃过晚饭，守候在怪物必经之路上。阿洛身上一件武器也没带，甚至连一把小刀也没有，他还记得以前图尔和图格的事。

天色渐渐黑了，镇子里逐渐安静下来，一开始还有几声狗叫，慢慢地，猫和狗也都入睡了。

阿洛警惕地看着森林的方向，没有什么状况。可是，就在他想打个盹时，一道黑影从他眼前蹿过，像一道闪电，速度极快。阿洛来不及反应，那道黑影就消失在他眼前，随后，镇子里传来令人毛骨悚然的怪叫声。

是怪物！

阿洛向叫声响起的地方跑去，他想用最快速度追上那只怪物。

可是怪物的速度太快了，阿洛只能听见声音，看不见它的身影。

镇子里有几户胆大的人家点了灯，他们给气喘吁吁的阿洛指了路。最后，阿洛总算追上了怪物，它居然站在阿洛每天都要去的地方——布罗镇邮局！

邮局里夜间并没有人啊！这是怎么回事呢？

阿洛看见怪物身形巨大，隐约像个巨人，浑身毛茸茸的。怪物定定地站着，忽然仰起脖子朝着天空发出一声颇为凄惨的叫声，把阿洛吓得一个哆嗦，腿脚一软，差点跌坐在地。

"你……你……好……我我……能……帮……你……

吗?"阿洛颤抖着说。

怪物转过身,直勾勾地看着阿洛,朝他走近了一步。阿洛又一个哆嗦,这次一屁股坐在地上了。

"你,你是谁?"怪物说话的声音明显柔和了很多。

"我……我是邮递员,名……名叫阿洛。"阿洛回答,怕怪物不明白,忙又补充了一句,"森林里大家都认识我。"好了,阿洛终于不再颤抖,能把话说完整了。

怪物眼中倏地亮了一下,它说:"我要找的就是邮递员。"

阿洛一听这话,又开始颤抖了,难道,邮递员是这个怪物的仇家?它不会一怒之下把我杀了吧!

阿洛这时候想逃走已经来不及了,他的双腿根本就迈不开步子。

怪物一把抓住阿洛的双手,结实粗糙的皮肤刺得阿洛的手生疼。怪物说:"阿洛,救救我!只有你能救我!"

阿洛不敢挣扎,怪物的神情十分可怜,眼中甚至闪动着泪光。

阿洛定下心,问道:"你说吧,我怎样才能帮助你。"

怪物指着邮局紧锁的铁门说:"让我进去。"

邮局是布罗镇最重要的地方之一,里面的每一封信件都是一个人最重要的隐私,是神圣不可侵犯的。阿洛上班第一天就知道,当邮件遇到危险时,需要邮递员用生命捍卫。曾经有一个邮递员,因为泄露了别人的信件,从此布罗镇再也没有人相信他,他一辈子都没能得到别人的原谅。

怎么可以让一个怪物随随便便都进去呢?

阿洛不是一般的为难。他极其为难。

阿洛说:"除了进邮局,我还能怎么帮你?"

"只有进去,我才能活啊!"怪物几乎是在哀求了。

"你知道吗?那是邮局,里面只有邮件,没有医生,也没有药,治不了病,也救不了命。"阿洛尽可能想解释清楚。

怪物放开阿洛,用它的巨手拍了拍自己的肚皮说:"你看,这里空了,里面没有东西了,我快死了。"

怪物的肚皮随着它的拍打晃荡着,像一个空空的布口袋。

阿洛这下轻松了,他说:"那就更不要进去了,邮局里面没有食物。走吧,你跟我回去,我给你吃的。"

怪物忽然大声号哭起来:"呜哇哇——呜哇哇——"哭声异常恐怖。

"不要哭了,不要哭了,你说怎么办吧!"阿洛的耳朵快被哭聋了。

怪物抽抽搭搭地说:"我要吃的东西,只有这里面才有。"

"怎么会?难不成你要吃信件?"

怪物欣喜异常地点点头:"我要吃字。我只有吃字才能活。我多少天找不到新鲜的字了,我快饿疯了!"

吃字?真是新鲜!阿洛从不知道这世上会有以字为食的动物。是真的吗?

那怪物好像看穿了阿洛的心思,它讨好地说:"试一试就知道是不是真的了,带我进去吧!"

阿洛看着它,凭它的身体和力量,邮局的门和窗户都可以被轻易摧毁的,可它只是对着邮局号哭并没有动手,可见它的本质是善良的。

阿洛说:"你要吃什么字我可以写给你,你跟我走吧!"

怪物跟着阿洛走进家门,虽然它把头低到不能再低了,可还是撞破了阿洛家的屋檐,灰土落了他们一身。怪物很不好意思地对着阿洛摊了摊手。走进屋内,阿洛搬了凳子给怪物坐,它一屁股又把凳子压断了,自己摔了个仰面朝天,发出"嘭"的一声巨响,震得房子都晃了晃。

怪物有气无力地说:"就让我躺一会儿吧,我头昏眼花,虚弱得很哪!"

阿洛赶紧找出纸和笔,开始给怪物写字。

阿洛举起笔,写什么呢?他问怪物:"你最喜欢吃哪些字?"

"随便。"怪物的回答软塌塌的,看来真是饿伤了。

阿洛刚写下一个"森林",怪物一把抓过去,塞进嘴里,来不及咀嚼便咽了下去。

怪物吃下了"森林",精神多了,它长长地舒了一口气,吐出一阵清香,就像森林里野花野草的气息。

阿洛搔搔脑门,想了想,又写了一个词"大河",这次怪物没有了先前的慌张,它慢慢咽下了"大河"。怪物眯上眼睛,像是在回味着"大河"的味道,然后,嗓子里发出"咕嘟咕嘟"的几声,仿佛鱼儿在水里吐着泡泡,仿佛大河翻卷着波浪。

阿洛刚写下"阿洛"两个字,立刻又划掉了,他想,怪物吃下这个"阿洛",自己会疼痛难忍吗?

说来也怪,才吃下两个词,怪物的肚子就变得鼓鼓囊囊的了。

阿洛问:"还要再写几个吗?"

怪物打了个饱嗝儿摇摇手说:"够了够了,这么多够我消化好几天了。要知道,我吃的是'森林'和'大河'呀!这两个词够大了!"

怪物告诉阿洛它最喜欢吃的一些词。每当它吃下一个"温暖",从头到脚都会暖洋洋的,就算在冰天雪地里也不会感到冷;如果它吃下的是"甜蜜",就会从嘴里甜到心,仿佛全身流动的血液也是用蜜糖做的。它喜欢吃"清风",虽然没有什么特别的味道,但是"清风"带来的那种感觉是无与伦比的,每一个毛孔都张开了,身体也会变轻,沐浴着外面的风,自己随时都能飞起来……

听怪物讲着这些感受,阿洛无比惊奇,他问怪物,为什么以前没有见过它。

怪物说:"我住在森林之南,相邻的小镇有一个愿意为我写字的女孩子,可是今年她嫁人了,去了很远很远的地方,她走前给我留下了好多的词,够我吃一阵子了。我把它们小心地珍藏在家中,舍不得多吃。可是一场突如其来的暴雨淹没了我的家,泡烂了那些词。"

怪物停顿了一会儿,沉浸在伤感中:"阿洛,你是叫阿洛吧!阿洛你吃过烂词吗?"

阿洛摇头,怪物似乎有些尴尬,说:"对了,你们人类不吃词语。当我吃下被雨水泡烂的词语后,心就变得越发沉重,全身懒洋洋的,无法动弹,脑子昏昏沉沉,感觉自己就像一块发臭的抹布。于是,我去镇子里寻找愿意给我写字的人,可是人们看到我就跑,有的还朝我扔石块瓦片,把我打得伤痕累累。我从来不会去伤害谁,那个嫁人的女孩是镇子上最美丽最温柔的女孩,她喜欢我,为什么其他人就不行呢?后来,我听说了森林南面的这个镇子,就是你们的布罗镇上有个邮局,里面有很多很多的字,所以我就来了。我知道自己不好看,怕吓着别人,所以只能夜里出来。我每天盯着邮局,但它每天夜里都紧锁着大门,我只能看着它,忍受着饥饿。还好,我遇到了你,你是个好心的邮递员,阿洛。"

怪物告诉阿洛,它的名字叫"沉"。

那以后，每个星期沉都来找阿洛一次，让阿洛给他写喜欢吃的词。

渐渐地，阿洛知道沉有很多不能吃的词语。

沉吃过"嫉妒"之后，心会痛得厉害，就像有人往它心口插了一把利剑，从此它再也不愿意看见这个词了；它不小心吃过一回"阴暗"，那以后好多天，它都不能看到外面的阳光，也闻不到花香，看见谁都很讨厌，最后连它自己都讨厌自己了；阿洛给沉吃过一个"金钱"，吃完了之后沉的肚子胀得走不动路，还净放臭屁，回去之后邻居们见了它就跑，说它浑身上下都充满了恶臭；沉还吃过"暴躁"，连续几天它都狂躁不已，见谁都不顺眼，跟它最好的朋友狠狠打了一架，到现在它们还不相往来……

阿洛尽可能地远离"嫉妒"、"阴暗"那一类的词语，他不想害了沉。

每天阿洛送信的时候，比以前更加留意听大家说话，一听到有什么美好的话就赶紧记下来，留着给沉。见到那些吵吵骂骂的，阿洛赶快逃开，他害怕那些不好的词语会钻进自己的耳朵，在心中留下痕迹，万一不小心叫沉吃了可就惹麻烦了。

沉每次来都会给阿洛带礼物，有时是一筐草莓，有时是几个苹果，阿洛让沉吃，可沉笑嘻嘻地说："你把这些词写下来我就能吃到比它们本身更香更甜的味道了！"

阿洛就在纸上写，写着写着发现了一个问题，有一些字不会写。阿洛试着画出来给沉,可沉吃了以后说,没滋没味。

吃完好词的沉会特别兴奋,它跟采弥抢着干活,不过总是把活儿干坏了。譬如,它帮阿洛盛饭,轻轻一捏,一个碗就碎了;它给采弥拾柴,居然把院子里上好的梨树连根拔了起来砍成几截。每次做了错事,沉就耷拉着脑袋蹲在院子里生自己的气,还用巨手拍打自己的脑袋和胸口,发出闷声闷气的巨响,吓得采弥让阿洛赶紧想办法哄它开心。阿洛不得不写一个"开心"让沉吃下去。后来阿洛有了好办法,他写了不少的"细心"、"小心",在沉帮忙之前先吃一个,果然有效多了。于是阿洛又写了更多的"开心"、"高兴"等词语,让沉每天的日子都过得开开心心的。

布罗镇的人晚上再也不害怕怪物发出的怪叫了,大家知道沉的故事之后,还常有人把一些美好的词语写给阿洛,让他转交给沉。

沉吃到的好词越来越多,布罗镇的人们也似乎越来越文明了,大家开始远离那些丑恶的词语,越来越多的好词出现在他们心中。

小树精的"森林邮局"

这天,阿洛刚走进森林,就被兔子捡捡叫住了,它既慌张又兴奋地说:"阿洛,不得了了,森林里有一艘好大好大的船,船里面住着一个人呀!"

捡捡现在长得很壮实,阿洛最初还没认出来。等反应过来之后,阿洛立刻想到了那艘船就是自己发现《药典》的船,不过,阿洛进入船里看过了,船上并没有住过人的痕迹呀。

捡捡说:"大家都去看船了,你也去看看吧!"说着拉着阿洛就走。

阿洛说:"不行不行,我要先送信,有时间才能过去看。"

捡捡不高兴地说:"不去你会后悔的!"

阿洛笑嘻嘻地说:"或许,我早就看过那艘船了呢。"

说完神秘地走开了。

兔子捡捡一跺脚,生气地跑了。

阿洛连续敲了几家的门,主人都不在家。獾先生居然也不在,它在门上留了字条,上面写着:"我去看大船,如果有人找我,请去大船那里。"

松鼠先生也不在,阿洛把信从门缝塞进去准备回家,转身之际,发现门上画了一艘大船。难道松鼠先生也去凑热闹看大船了?这么说,大船上也许真有蹊跷?

阿洛的好奇心被勾了上来。

阿洛紧赶慢赶,跑到了大船那里。

好家伙,密密麻麻的,动物们把大船围得里三层外三层,好像是动物集会似的。大家对着大船指指点点,你一言我一语,不知道在议论些什么。

阿洛挤进去一看,大船还是原来的大船呀!

正疑惑着呢,松鼠扯了扯阿洛的衣服,使了个眼色,悄悄挤出围观的圈子,阿洛也跟着它出来了。

走到稍远一些的地方,松鼠轻声说:"阿洛,你上次没有发现大船的另一端还住着人吗?"

阿洛大惊失色,里面真的有人?!

松鼠先生点着头,说:"里面有一个女孩,不过已经被大家吓住,不敢出来了。"

"那一端,不是埋在地底下了吗?还能住人?"

松鼠说:"你亲自下去看看就知道了！她是你的同类，你也许能和她说上话!"

于是，松鼠叫大家都往后退，说阿洛会解决问题。

阿洛爬上大船，进入船舱，这才发现在船舱里有一道小门，上次门是关着的，跟隔板连在一起看不出来，这次小门打开了。

门看上去很窄，阿洛试了试，居然很轻易就进去了。

眼前先是一片黑暗，几秒钟后，阿洛能看清了，里面的空间很大，就像一所大房子，里面有桌子、凳子、床铺等等。阿洛定睛细瞧，看见了角落里蹲着的一个人。

"嗨，你是谁呀？"阿洛怕吓到她，声音小小的。

"你是谁？"一个女孩子的声音传来，细细的，似乎她也怕吓到阿洛。

"我是阿洛，布罗镇的邮递员，也是这森林里的邮递员。你从哪里来？怎么会住在船里呢？"阿洛慢慢靠近她。因为船有些倾斜，整个房间地板也是斜着的，阿洛小心地走着，免得滑下去。

女孩站起来，跟阿洛面对面了。

真的是个漂亮的女孩子！只见她有一头棕色的长发，发梢微微卷曲，两只眼睛呈淡蓝色，纯净得像春日的天空，她穿着亚麻色的长裙，脚上还蹬着一双皮靴，真像一位公主！

"从哪里来？"女孩比阿洛更惊讶，"我不从哪里来，我就住在这里呀!"

"住在这艘船上吗?"

女孩点点头,可是神色有些慌乱:"邮递员先生,你是这艘船的主人吗?我是偶然发现它的,我观察了好多个白天和黑夜,没有见到里面有人,所以就住了进来。请你原谅!"

阿洛连忙摇头又摇手:"不不不,这也不是我的船,你尽管可以住。"

阿洛挠挠头,糊涂了。

女孩倒是越来越开心,她邀请阿洛喝茶,阿洛慌得手脚都没处放了,他可没有喝茶的习惯,平日里渴了就用手捧几口水喝喝,这茶杯拿在手里还真别扭。他慌里慌张喝了一口又放下了。

"你的家人呢?"阿洛猜她是个孤儿,所以迷失在森林里,也没人来找她。想到这一点,阿洛的心顿时一热,她和自己一样,不,她比自己可怜多了,她没有采弥。

"家人是什么东西?"女孩的眼睛里全是不明白。

这下,阿洛完全糊涂了。他结结巴巴给女孩打比方,家人啊,家人就是生养自己的人啊,陪伴自己和自己说话的人啊,就譬如这森林里的树木,不止一棵,它们一棵一棵,每天生活在一起,就是家人啊……

女孩眼睛亮了,哦,这个啊,我也有啊,这些树木,我和它们一直都在一起,它们是我的家人啊!

"除了树以外,有没有人是你的家人?"阿洛比划着,指着自己说,"像我这样的,男人,或者女人?"

女孩嘻嘻笑起来:"你也是我的家人!我有家人了!我喜欢!"

阿洛突然从迷雾中钻了出去,天哪!这个女孩,她有可能压根不是人!

"你原来住在哪里?"阿洛问。

女孩指着远处:"我有一个最好的家人,可是它太老了,老得再也说不了话,也听不到我说话了,它一定要我离开,再去找一棵大树。可是我看到这艘大船,好喜欢啊,所以留在了这里。后来我回去找它,它却不见了,就像一阵风一样不见了,什么都没有留下。"女孩神情黯淡下来。

"那个最好的家人,它是一棵……树吗?"阿洛试探道。

阿洛为自己的聪明惊喜不已,果然是!

阿洛听说过,森林中有些树很特别,虽然表面看起来和其他树没什么两样,但那里面其实栖居着一个小树精,长什么样没人知道。为此阿洛常常留意看那些最粗壮的树木,树精嘛,肯定喜欢住在大树里。

阿洛曾经在一棵非常非常粗壮的树上看见了一只奇怪的虫子,他误认为那是小树精,对着虫子又是鞠躬行礼又是问好,谁知虫子根本没有理会,树也没有任何反应。

阿洛也曾跟另一棵同样粗壮的树讲过话，问它有没有见过小树精，树上有细细的声音答复他，说"有啊有啊"，阿洛浑身一颤，惊喜异常，谁知树叶间跳下的是松鼠先生，是松鼠先生捏着嗓子逗阿洛玩呢！

松鼠笑阿洛想见小树精想坏了，并提醒阿洛，除非小树精自己现身，否则是没有人能见到它们的。

阿洛抖抖地问女孩："你是……小树精？"

女孩的眼睛眯了起来，显出几分害羞，点点头："是的。"

一旦确认，阿洛瞬间紧张起来，他感觉自己浑身都绷紧了。

小树精告诉阿洛，"最好的家人"大树跟自己说过，树精只能住在树里，不然就会慢慢失去灵性，变得和普通人一样。但是，自己太喜欢大船了，觉得当不当树精并没有什么重要。

阿洛的大脑迅速运转，小树精在船里已经住了不少日子，和常人没有太大区别了，一定不能让别人知道她是树精，那会给她带来危险。

"那我给你起个名字吧，我们都有名字，你就叫'安'，好不好？"阿洛问。

"好啊好啊，很好听，我喜欢我叫'安'。"小树精说。

"还有，你一定不能说自己曾经是小树精，那会很危

险。"阿洛嘱咐她。

她听话地点点头:"嗯。我是安。"

阿洛忽然想起,关于大船的消息,是自己传出去的,而这个消息,会让更多的人发现安。

阿洛有些难过,他想,一定要帮助安。

阿洛嘱咐安,暂时不要出去,等他想好办法再说。

阿洛走出大船,对动物们说,船里的女孩名叫安,是他的新朋友,阿洛告诉大家,安是个美丽又善良的女孩子,她绝对不会伤害任何人,希望大家像喜欢他一样去喜欢安,不要伤害她,也不要影响她的生活。

阿洛回家后,一头倒在床上,翻来覆去地想,小树精安该怎么办?

让安住到布罗镇来?安已经明确表示过,她哪里都不想去,只想留在属于她的大船里。

如果安继续这样住在森林里行不行呢?似乎也没什么不行,只要森林里的朋友们也把安当成值得信任的朋友。

有什么办法让安成为它们的朋友?

最后,阿洛跟采弥商量,采弥给阿洛出了个绝妙的主意。

第二天一早,阿洛就带上工具去找安。

安还没有醒,阿洛就在外面等待着。阿洛看着四周,巨大的棕树和高耸的杉木包围着大船,树荫下卧着绽放的野花，散发出沁人心脾的香气，再远处有一弯细细的溪流经过，如一条柔和明亮的丝带。这是个异常美好的地方，不要说住惯了的安舍不得离开，就是阿洛也忍不住心动了呢！

一会儿，安从船里出来了。

阿洛问："睡得好吗？"

安笑着说："很好，很安静。"

阿洛放心了，没有谁来打扰她。的确，森林里的这些朋友们都是很善良的。

阿洛把自己的打算告诉了安，安听了也很激动，这样的安排她很满意，既可以让她不再感到无聊，又可以让自己继续居住在这里。

阿洛和安开始在大船的外面刷颜料。他们一起动手，把船刷成了绿色，然后在上面画画。阿洛画金色的树，安就画彩色的花儿，画完了树阿洛又画飞来飞去的鸟儿，安便在花朵间画上了五彩的蝴蝶和黄色的蜜蜂……最后，这艘大船变成了一艘五彩的船，跟周围的绿树鲜花融为一体，不仔细看根本看不出来它的存在。

阿洛把准备好的牌子挂到大船上，牌子上写着："森林邮局"。

阿洛对安说，以后他会把森林里的邮件都送到安的"森林邮局"来，森林里的动物们要寄信不必等阿洛来，直接送到"森林邮局"就可以了。

安招待阿洛喝茶,这次阿洛很认真地喝完了一杯。安的茶有一种独特的清香,香得阿洛的心都要醉了。她还陪着阿洛沿着小溪流散步,安告诉阿洛,当她一个人感到孤独害怕的时候,她就会尽情想象周围的一切。

一阵风吹来,安说:"你看,风来了,树叶都在摇摆,我就可以把自己想成一阵风,飞上树顶,在树顶上看林子里的一切又会不一样呢!等我累了,我再飞下来教花儿们跳舞,飞到小溪流中搅动它们,再逗逗水里的小鱼儿。哦,仅仅一阵风就可以带给我这么多快乐!就像小溪流一样快乐!小溪流们总是笑个不停,即使寒冷的冬天,结冰了,隔着冰块我也能听到它们的笑声。"

阿洛不禁也跟着安想象起来。在这之前,阿洛很少去想象什么,他看见的只是眼睛能看见的东西。

安说:"这里的每一棵树都有自己的名字,是我取的。你看,那棵弯得有些古怪的,我叫它'绕绕弯先生';那棵个子最高站得最直的,它离身边的朋友最远,是'独行侠';那棵垂向溪流的,我把它封为'美人树',因为它最爱美,整天照镜子……"

安完全沉浸在想象的世界里,显得心醉神迷。大船附近,无论是蕨草堆积的偏僻角落,还是森林里纵横交错的旁支岔道,都留下了安的足迹。安和每一株花草都交上了朋友,她把每一次走出大船都当成自己人生中的一次出游。

安绘声绘色地描述着自己的体会，阿洛一声不吭地听着，脸上情不自禁泛出微微的笑意。阿洛的生活中从来没有见过这样有意思的人，而且还曾经是个神奇的小树精。

"森林邮局"的消息很快在森林里传开了，大家都挺喜欢"森林邮局"的装修风格，都说"这样漂亮的邮局才配得上做我们的邮局啊"！

但是几天过后，大家发现了一个问题，安经常会弄错大家的信，她送给獾的信其实是写给刺猬的，而松鼠的信又被她塞进了麻雀的树洞。

一开始，獾面对漂亮的安还没好意思点破，可接二连三的错误让獾忍无可忍了，一次它对着安大声叫道："你到底会不会送信啊！看看，这是谁的名字？嗯？"

安惶恐不安地看了一眼，又看了一眼，摇了摇头："我不认识。"

"不认识？不认识字？"獾像见到鬼一样蹦了起来，"不认识字你怎么能送信呢？怎么有的送对了有的送错了呢？简直太荒唐了嘛！"

安说："阿洛告诉我的时候我使劲记住了的，不过还是会有记错的时候呢！"说完，安羞涩地笑了，似乎记错名字是一件很好笑的事情似的。

獾可不乐意了，它可是很严谨的，要不怎么每次讲自己的故事时总能一字不差呢？

獾强烈要求更换"森林邮局"的邮递员。它想,自己认的字不少,可以把送信的任务交给自己。当然了,如果可以的话,连家也是要一起搬走的。也就是说,谁成为邮递员,那座"森林邮局"就是谁的家。

对獾的这个提议,没有人赞同,尤其是松鼠先生,它的信也被送错过,但它总是笑嘻嘻地提醒安,从来没有生过气。松鼠严肃地批评了獾,说它是异想天开,自己的房子也是大家帮助它建成的,怎么又打起别人的主意了?要知道,贪婪是一切罪恶的根源,森林里是绝对不可以有贪婪的!

"说得好,贪婪是一切罪恶的根源!"大家不禁为松鼠精辟的言论热烈地鼓掌。

獾羞愧地钻进了自己的家门。

刺猬说:"希望安继续在'森林邮局'工作的举个手。"

大家都表示赞成。安除了不认识字,几乎没有缺点。她从不给别人增添麻烦,总是喜欢一个人静悄悄地待在自己的大船屋子里,即使出来也不惊动任何人,大家喜欢看森林中安四处游玩的美丽身影,让人感到无比安宁和美好。

松鼠先生说:"安会变成一个合格的邮递员的。"说完,松鼠先生就去了"森林邮局"。

安其实内心有些不安,她的笑只是一种掩饰,掩饰内心的愧疚与慌乱。她想要在森林里立足,就必须取得大家的信任和喜欢。

见到松鼠,安流泪了。她喜欢松鼠先生的大度和宽容,也知道松鼠先生是森林里最受尊敬的。安说:"松鼠先生,我想要学认字。"

松鼠不由得抚了抚自己的胡须,频频点头,递给安一本书,说:"我就说嘛,你一定会成为'森林邮局'最合格的邮递员的。看看这个吧,有什么不懂的就去问阿洛,当然了,森林里只要是认识字的你都可以请教。"

阿洛每个星期来一次"森林邮局"。除了邮件,他还给安带来不少好吃的,都是采弥的手艺,安喜欢得不得了。

安也招待阿洛,她给阿洛泡自己制作的香草茶和草莓酱,还有各种小点心。

阿洛也教安认字。

在大家的帮助下,安很快就能认识大家的名字了,还能写简单的书信,她再也没有弄错过大家的信件。

尽管最初獾有时还会嘟哝几句,但它很快接受了安,逢人都要夸奖安几句。因为它给安讲自己的故事时,安表现出了浓厚的兴趣,这一点獾尤其满意。

"森林邮局"的名气越来越响,四面八方的动物们都爱上了"森林邮局"。用松鼠先生的话讲,大家爱"森林邮局",其实是爱上了小姑娘安。

每个周末是阿洛来取信的日子，想要寄信的话必须在这一天太阳落山之前把信送到"森林邮局"，大家就借这个机会来看望安。

安热情地用茶点招待大家，最关键的是，她会邀请客人进她的大船里面去坐一坐。谁没有好奇心呢？住在森林里的动物们这辈子都没见过大河，更没坐过大船。虽然这艘船不能行驶，但它毕竟是一艘气派得不得了的大船啊！那个房间，据阿洛讲，就是布罗镇最富有的人家的房间也不过如此呢！大家进去之后，总是要在里面到处逛一逛。微微倾斜的房间地板，走在上面有些不稳，这样不稳的感觉正是大家喜欢的，因为大船在水里行驶时遇到风浪也是摇晃不停站不稳的，这种感觉多奇妙啊！

喜欢安的人，不仅是喜欢她的漂亮、她的微笑，更喜欢她给大家讲的故事。

比起獾的故事，安的故事那才叫故事。一片柳树叶、一株三叶草、一朵流云、一枚石子儿，安都能把它们进行想象发挥，变成有趣的故事。大家听得如痴如醉，久久不愿离开。每次听完安的故事往回走，大家都觉得轻飘飘的，仿佛自己还行走在故事里。

森林里的生活，因为安的出现，有了安的故事，变得更加有滋有味了。

"森林邮局"的信件越来越多，安的生活也越来越忙碌。当安能写更多的字时，她开始代人写信。

阿洛高兴地发现，安已经快成为一个合格的邮递员了。阿洛经常幻想，如果有一天，安不愿意生活在森林里了，她完全可以去布罗镇邮局上班，那样，阿洛每天都能见到安，那是多么令人欣喜的一件事情啊！

森林小镇

作为曾经的小树精,安对森林的了解自然更多。

安告诉阿洛一个秘密:"其实,除了我这样的小树精,森林里有很多会说话的树精。当然,它们不一定喜欢变成人的样子,而且树精不希望被任何人打扰,所以它们会伪装得跟普通树一模一样。"

阿洛很想看看其他树精,但安不愿意,她说:"我答应过它们,不会让别人打扰它们。"

尽管安拒绝了阿洛的请求,但她显然对自己现在的模样非常满意。这一点,从她总是在溪水边照镜子可以看出来。她甚至向阿洛要了一面小圆镜挂在大船里,进进出出的时候一定要照一照,不肯让自己有一点瑕疵。

阿洛带着一点点失望,要离开"森林邮局"时,安有些不忍心地说:"我知道你是个大好人,不会伤害树精。不过,虽然你无法看到它们,但请你相信,树精都非常善良,它们是森林的守护者,也是……布罗镇的守护者!"

这天,阿洛再次来到大船里,和安坐在一起说说笑笑。忽然,安打断了他,表情严肃地说:"嘘——阿洛,你听!"

阿洛侧耳静静地听了一会儿,什么也没听到,除了树叶在风中的轻轻摇摆,几声细细的虫鸣……一切正常!

安露出担忧的表情,说:"阿洛,布罗镇可能会有一场灾难!"

阿洛奇怪地问:"为什么?难道你发现了什么?快告诉我。"

安低下头,轻轻地叹了一口气,说:

"虽然我已经失去了大部分灵性,但是我还是有一种不祥的预感,这几天耳边似乎总有种奇怪的声音。"

布罗镇幸福而美好的白天过去了,宁静的夜晚,除了偶尔传出几声婴儿的哭声,剩下的就是白天辛苦忙碌的人发出的响亮鼾声。

阿洛虽然听了白天安的话,心里有些紧张,但还是和往常一样,沉入了深深的梦乡。

对阿洛来说,每一个夜晚都是特别幸福的,走了一整天,的确很累,把身体扔到柔软的床上,闻着被采弥洗得干干净净被太阳晒得香喷喷的被子,闭上眼睛放松身体,什么都不想,这样,梦很快就来找阿洛了。

恍恍惚惚,阿洛觉得床铺似乎漂浮了起来,摇晃着,如同婴儿的摇篮,阿洛变成了一个襁褓中的孩子,采弥在唱着摇篮曲……

"阿洛——阿洛——灾难提前到来了——快醒醒——快逃命——"阿洛一个激灵,猛地从床上坐了起来。这声音好耳熟,似乎是安在拼命大叫,但又那么缥缈不清。

就在这时,远处传来一声闷雷,随着雷声,整个大地震颤了。阿洛这才觉出异样,天空似乎也不是平常的那种昏暗,而是夹杂着一种红黄两色的光,仿佛是一块即将燃烧的木炭。

阿洛大声叫着采弥,让她快出来往森林跑。

然后,阿洛撒腿向镇上跑去,他要把镇子上的人们叫醒。

就在这时,布罗镇的动物们似乎也意识到了什么,狗吠鸡鸣,混乱的声音吵醒了很多人……

吓人的雷与电从远方赶来,在这个夜晚共同肆虐,构成了一场混战。闪电劈在远方的山巅,声声巨响划破夜空。很快,大雨夹杂着冰雹铺天盖地地落下来,敲击在屋顶上、地面上,发出噼里啪啦的声音。

天地之间混沌一片,连成一幅巨大的雨幕,地面水流成河，开始吞噬房屋，并逐渐漫进森林。

森林里的动物们向树上转移，人们也寻找着合适的大树，向上攀爬着。

阿洛以最快速度跑向"森林邮局"。远远地，他看见安正站在船的甲板上，她一看见阿洛就招手让他上船。阿洛爬上大船，感觉大船似乎在摇晃，他对安说：

"这就是你预感到的灾难吧，谢谢你！我们快到树上去吧！"

安却摇头："船比树更安全。"

水位不停地上涨，大地继续战栗，风随之变大，树木摇晃着枝叶，人们如同淋湿的枯叶一般，瑟瑟发抖。

就在此时，巨大的水声从远处呼啸而来，有人听出来，是远处的山洪冲了下来。山洪连根拔起好些小树，将大树冲得东摇西晃，整个森林岌岌可危。

洪水撞击着大船，船身开始摇晃，一波又一波，大船颤动得越来越厉害。忽然，一个猛烈的颤动，让安和阿洛齐刷刷跌倒在甲板上。然后，船发出"吱嘎"一声，船头下沉，船尾向上一翘，大船像被一只巨手从泥土中拔了出来，如同一只硕大的萝卜被拔出坑，随即扔进了水里，漂浮在水面上。

大树上不断有动物掉下来，还有人被水流裹挟着，安和阿洛不停地把动物和人们拉上船。

开始，人和动物各据船舱一头，互相警惕地打量着。

渐渐地，彼此间放开了胆子，有几个孩子甚至靠近了动物，轻轻摸着它们的皮毛，与它们靠在一起相互取暖。

但是很快，船上没有办法容纳更多的人和动物了。那些无法上船的，难道只能眼巴巴地等待死神？

突然，水中传来一个声音："安——快让人们上来！"

安知道，那声音来自一棵树，一棵住着树精的树。接着，又是一棵，两棵……只见这些树在水浪中拼命往一起靠，然后将树枝交缠在一起，连成了巨型树排，稳稳当当地浮在水面上。

安连忙让阿洛和自己一起大声呼喊，让落水的动物和人们赶紧爬到树排上去，其中也包括已经奄奄一息的阿淘。

原来，是阿洛的叫喊惊醒了阿淘。这几天米店里总是莫名其妙地有米丢失，老板组织伙计们轮流看守，嫌弃邮递员工作又苦又累，刚来米店的阿淘值的是夜班。阿淘守着粮囤，眼皮子沉重得直打架，很快就打起了瞌睡，他梦见好多好多老鼠排着队来偷米，阿淘驱赶着它们，它们毫不畏惧，阿淘急得不行。就在阿淘将醒未醒的时候，阿洛的大叫声让他彻底清醒了。

阿淘趴在树排上喘着气，慌张、疲劳、还灌了一肚子的水，他真希望眼前的这一切只是个梦。

阿洛大声喊着："阿淘——快，帮帮那边水里的朋友——"

阿淘一看，靠近树排的水里，一只獾被水流的漩涡冲击得打着旋儿，看样子已经快晕过去了。

阿淘不喜欢这些散发着土腥味儿的家伙，但是再看看大船和身边，布罗镇的人们和森林里的家伙已经不分彼此了，大家相互依靠着，互相扶助，希望一起度过这令人头皮发麻的夜晚。

阿淘不再犹豫，他趴在树排边上，一伸手抓住獾的脖子，使劲把半死的獾提了上来。

獾仰面躺在树排上，肚子鼓鼓的，阿淘试着在上面按了一下，獾嘴里便吐出一口黄水，阿淘又按了几下，黄水不断地从獾嘴里涌出。

獾剧烈咳嗽了几下，吐出剩余的黄水，肚子也随之瘪了下去。

"谢谢你，阿淘。"獾有气无力地说，"撑死我了！"

阿淘有生以来第一次被人这么郑重其事地感谢，脸像块红布了。

阿淘赶紧察看树排四周，看看有没有其他的落水者需要自己的帮助。不一会儿，阿淘又拉上来几个人，他更加疲惫了，可心中却充满了神圣感。阿淘忽然觉得，自己整天浑浑噩噩地在米店里混日子，其实并不开心，像阿洛那样，成为一个受人欢迎的邮递员，虽然身体苦累一些，但一定会更开心。

水流渐渐平稳下来,空中的闷雷也停了,天地间终于渐渐安静下来。这时,所有的动物和人都感到了饥饿。大家偶尔从水中打捞上来一些食物,但远远不够。

松鼠先生湿漉漉的身子已经被一个男孩子焙干了。它抽着鼻子告诉阿洛哪里有果子,果不其然,很快便找到了一棵结满果子的大树。松鼠说:"吃吧,这果子没有毒。"

就这样,在灾难面前,布罗镇的人和动物们彼此熟悉了,大家自然地相互照应着,仿佛生来就这样在一起似的,过去的恩恩怨怨在这场劫难中融化、远去了……

不知又过去了多少日子,天边终于一点点亮了。随着阳光一点点铺开,水也一点一点慢慢地退去!

森林露出了水面,布罗镇的房子也显现出来,人们迫不及待地纷纷从大船和树排上跳下来,冲向各自的家。

"咚——"大船发出一声闷响,最后搁浅在布罗镇邮局前面。而树排静静地躺在一旁,枝叶无力地下垂着。

"朋友们,你们还好吗?还好吗?"安顾不得四周的嘈杂,跳下大船,把脸贴在一根树干上,紧张地问。

没有回答。

忽然,这棵树的树洞里流出一股水,同时传出了微弱的声音:"离开泥土太久,已到极限,再见……保重……我们爱你!"

阿洛不知什么时候来到了安的身后,他明白了眼前的一切，不知不觉拉住了安的手。他再也没机会看到树精了，但是，他永远会记得它们！

大家再次踏上实实在在的土地，虽然虚弱得一阵风都能刮跑，却那么兴高采烈。挥手告别时，人和动物们抱在一起，用行动告诉彼此：以后再也不会互相防范甚至敌对了，布罗镇居民和森林住户将成为最友好的朋友。

安看着布罗镇，既觉得新奇，又感到不安。大船来到了布罗镇，她以后该怎么办？

采弥看出了她的心思，说："安，我们已经是一家人了，我们住在一起，再也不要分开了。"

阿洛喜不自禁："安，可以吗？"

安看看那艘大船，微笑着点点头。

在阿洛的提议下，大家一致同意，布罗镇改名为"森林小镇"，"布罗镇邮局"更名为"森林邮局"，安正式成为森林小镇的居民，她的大船成为大家喜欢来做客的地方。在那里，獾先生给森林小镇的许多居民讲述了它多少年都不曾变过的故事，松鼠先生与特沃先生坐在大船里喝酒、聊天，老孟用自己种出的花草茶款待了兔子一家……

阿淘走进邮局，他说他要成为比阿洛更加出色的邮递员。

对此，阿洛深信不疑。

图书在版编目（CIP）数据

布罗镇的邮递员 / 郭姜燕著. —上海：少年儿童出版社，2024.3
（郭姜燕温暖童年系列）
ISBN 978-7-5589-1910-7

Ⅰ.①布… Ⅱ.①郭… Ⅲ.①幻想小说—中国—当代 Ⅳ.①I247.5

中国国家版本馆CIP数据核字（2024）第060941号

郭姜燕温暖童年系列
布罗镇的邮递员
郭姜燕 著

钦吟之 封面图
陈　舒 内文图
施喆菁 装　帧

责任编辑 霍　聘 朱艳琴　美术编辑 施喆菁
责任校对 陶立新　　　　技术编辑 许　辉

出版发行 上海少年儿童出版社有限公司
地址 上海市闵行区号景路159弄B座5-6层　邮编 201101
印刷 上海光扬印务有限公司
开本890×1240　1/32　印张6.5　字数119千字
2024年3月第1版　2025年8月第3次印刷
ISBN 978-7-5589-1910-7 / I·5218
定价30.00元

版权所有　侵权必究